삶·마음·여정을 시문학으로 읽어 가는

달리다 보니 삶이었네

임 신 영 시집

도서
출판 문예사즈

마음을 다듬으며
경기하듯
달려온 세월

한 번 즈음은
쉬어 가도
삶은
빛이 난답니다

그곳에서 그대를 기다리며

잠시 쉬어 가는 느낌, 누군가는 그것을 '세월'이라고도 하고
또 누군가는 '삶'이라고도 한다.

'인생(人生)'이란 단어를 '세월(歲月)'이란 단어와
맞추어 보는 새벽 아침, 내가 아는 가장 큰 단어이다.
삶 중에 '시'라는 장르를 만나, 같은 길을 걸어가게 됨은
축복이자, 선물 같은 여정이 아닌가 생각을 해 본다.

현인들은 무엇을 나누며 살아가자고 하는 것일까?
그냥 바라보며 웃어 주고 응원해 준 시간들…
이제는 긴긴 삶의 대화를 나눌 수 있게 되는 것일까?

문인의 길을 따라가다 보면 고마운 분들을 만나게 된다.
'시'와 '문학'으로 표현되는 인고의 시간들을 선물로 남겨주고
계신 분들께 마음을 담아 감사의 생각을 나누게 된다.

바쁨으로 일상을 허덕일 즈음에 친구같이 만나도 반겨주는
글을 쓰고 싶다. 시대를 품에 안고 살아온 모습들, 자연과
영혼을 담아 표현하는 아름다운 삶을 경주하듯이 달려온
시간들이 소중하다.

짧은 여행에서 긴 문인의 삶으로 늘 영감을 더해 준 사람,
삶이 시인 같은 아내 JH에게 특히, 고마움을 전하게 된다.

기술이 인간과 지혜를 향하여 연민적 사랑을 보내는 세대를
살아가며, 문인의 한 장르인 '시인'으로 긴 여행, 짧은 마음을
글로 남겨 본다.

세월의 흔적을 따라 넌지시 다가온 시인의 삶.
조금은 가까이 할 수 있는 거리감으로 다가온 너.
희망과 기대감 그리고 용기를 더하여 삶을 향한 질문을
던져 본다.

　　　　　　　　　2025. 1.
　　　　　　　　　　　　삶의 언저리에서
　　　　　　　　　　　　　시인 임신영

그림 한 줄 마음 한 줄

보이지 않는 마음을 보이는 마음
시로 표현해 가는 삶의 여행가

삶

Episode 1 ∥ 살며 사랑하며 나누며

#1 글 속에 마음을 담다 · 13
글 속에 마음을 담다 · 15 | 비 오는 날은 시인이 되자 · 16
감정의 시선 · 17 | 다정함 그 가을 위에서 · 18
커피는 맑은 하늘을 내린다 · 20 | 월요일 화이팅 · 21
C1.5시간 강변에 앉아 · 22 | 좋은 소식 알리기 · 24
겨울 단풍 · 25 | 충무로 화담(和談) · 26

#2 살며 사랑하며 나누며 · 27
살며 사랑하며 나누며 · 29 | 사랑은 항상 곁에 있었네 · 30
사랑가 · 32 | 못다 한 어머니와의 식사 · 33 | 요건 내 꺼야 · 34
마음 한 뼘 성장하는 날 · 35 | 인생 네 컷 · 36
인생 내 컷 · 37 | 사랑을 그리다가 · 38

#3 삶이 주는 편지 · 39
삶이 주는 편지 · 41 | 사랑의 여정 · 42 | 문학기행 · 43
나의 사랑 흰 머리 바리스타 · 44 | 가을 열매 사랑 열매 · 46
동심 편지 · 47 | 고등어와 오징어 · 48 | 감정이 말하는 계절 · 50
그리움 · 51 | 증조할머니는 시인 · 52

그림 한 줄 마음 한 줄

살면서 붙잡고 영원히 있을 수 있는 것이 있을까요

마음

Episode 2 ‖ 마음을 열면 보이는 것들

#1 마음의 대화를 찾아서 · 55

마음의 대화를 찾아서 · 57 | ㄹ 그리고 ㅁ · 58 | 응봉산자락에서 · 59
바람과 나뭇가지 · 60 | 스카이라인 가르등 · 61 | 걸어서 마음 속으로 · 62
경춘선 철길 풍경 · 64 | 자연의 도심 소리 · 65 | 바람 따라 사랑 따라 · 66
너와 나의 발자국 · 67 | 어머니의 기도 · 68

#2 황석채 너를 품다 · 69

황석채 너를 품다 71 | 공간 찾아 마음 찾아 · 72 | 참새와 나뭇가지 · 74
바닷소리 지평선 · 76 | 자연 속 놀이동산 · 77 | 삼색 친구 · 78
수생(水生)식물 · 79 | 쉬어 가는 저녁 노을 · 80 | 인생 담아 홀인원 · 81
화사한 너 만데빌라여 · 82 | 여름 나들이 · 84

#3 에세이 없는 가벼운 아침 · 85

도심의 마음 · 87 | 에세이 없는 가벼운 아침 · 88 | 카페에서 만나다 · 90
할머니의 멜로디 · 92 | 겸손 · 93 | 변화와 성장 · 94 | 용기를 갖고 보면 · 95
가치를 찾는 마음 · 96 | 주간예보 · 97 | 책 속에 마음을 열자 · 98

그림 한 줄 마음 한 줄

눈을 맞고 있는 새를 보는 모습이 정겹고
예쁘고 아름답고 프근한 느낌이 들었습니다

여정
Episode 3 ‖ 삶이 만나는 여정

#1 오늘은 눈물을 참지 않아도 된다 · *101*
오늘은 눈물을 참지 않아도 된다 · *103* │ 아침에 주는 용기 · *104*
즐거운 TGIF · *105* │ 침묵 대화 · *106* │ 눈물만은 참자 · *107*
그 사람 생각을 한다 · *108* │ 그 사람 생각이 난다 · *109*
그 사람 미안하다 · *110* │ 그 사람 사랑한다 · *111*
숨결은 마음의 깊이인가 · *112* │ 색 바랜 사진 · *113*
밤새 안녕 · *114* │ 미안해 사랑해 · *116*

#2 HJ 그 사랑의 이름으로 · *117*
스승의 날은 제자를 사랑하자 · *119* │ HJ 그 사랑의 이름으로 · *120*
나만의 사랑 세레나데 · *122* │ 자전거 타고 인생을 배우러 간다 · *124*
부자(父子)의 차박 · *126* │ 축 결혼기념일 · *128* │ 바닷가 사랑을 담고 · *129*
시간, 사랑의 레시피 · *130* │ 설레임 · *131* │ 그냥 · *132*

#3 있는 그대로 사랑해 보자 · *133*
감사하는 건강 인사 · *135* │ 있는 그대로 사랑해 보자 · *136*
가을 우체국 앞에서 · *138* │ 두둑한 용기를 찾자 · *139*
사랑아 어느 날 일기 · *140* │ 감동 · *141* │ 말하는 습관 · *142*
새벽을 깨우다 · *143* │ 추운 날 어머니의 눈물 · *144*

그림 한 줄 마음 한 줄

삶이 주는 목마름 감사로 시작해
보아도 좋아요

시 한 줄

Episode 4 ‖ 시 한 줄 마음 한 줄

#1 그 계절에 만나다 · *147*

그 계절에 만나다 · *149* | 삶의 매력 · *150* | 마음은 뚜벅이 · *151*
잊지 않기로 하자 · *152* | 천문(天門) 운무(雲霧) · *153*
아인 사랑 오늘 첫일 · *154* | 사랑 나눔 · *156*
어린 세상 · *157* | 너 · *158*

#2 사랑 그 그리움 · *159*

사랑 그 그리움 · *161* | 커피친구[珈琲親久] · *162* | 해 편 · *163*
달 편 · *164* | 별 편 · *165* | 시(詩) 편 · *166* | 청담동 카페에서 · *167*
보고 싶다 말해 본다 · *168* | 동그라미 · *169* | 할머니는 장난꾸러기 · *170*
시간 속 맑은 웃음 · *171* | 가을 정거장 · *172*
사랑인 줄 알았다 · *173* | 꽃송이 피다 · *174*

#3 살포시 눈송이 닮은 너 · *175*

살포시 눈송이 닮은 너 · *177* | 동심 잠자리 · *178*
사랑 철학자 · *179* | 나에게 말해 주는 굿모닝 · *180*
감사의 축제 · *181* | # 해시태그 · *182* | 단풍 연인 · *183*
낙엽 사랑 · *184* | 세월의 멋 · *185* | 마음 속에 너 있다 · *186*

그림 한 줄 마음 한 줄

새로운 날에 대한 희망과 태양의
한 빛이 주는 에너지

삶 마음 여정
Episode 5 ‖ 달리다 보니 삶이었네

#1 친구라 하고 십이지간이라 부른다 · *189*
차창 밖 나를 바라보다 · *191* │ 친구라 하고 · *192*
십이지간이라 부른다 · *193* │ 경동시장에서 · *194* │ 삶을 나누다 · *195*
아침에 쓰는 편지 · *196* │ '여행'이라는 낱말 · *197*
어부와 바다 한림항 · *198* │ 도심의 자연 · *199* │ 오늘은 방랑객 · *200*

#2 달리다 보니 삶이었네 · *201*
달리다 보니 삶이었네 · *203* │ 가을 풍경 · *204* │ 변화의 약속 · *206*
나의 마음 노래할 때 · *207* │ 삶의 영상편지 · *208* │ 진실 한 모금 · *209*
아침의 마술사 · *210* │ 삶 · *211* │ 나의 사랑 나의 거리 · *212*
한 줄기 여울 찾아 · *213* │ 시선 따라 사랑 따라 · *214*

#3 희망을 노래하다 · *215*
희망을 노래하다 · *217* │ 젊음의 찬가 · *218* │ 진정성(眞正性) 있는 아침 · *220*
빛나는 여정 · *222* │ 용기 그래 가보자 · *223* │ 그 시간이 멈추는 곳 · *224*
아버지가 아들에게 · *226* │ 아들이 아버지에게 · *228* │ AI의 새벽을 품다 · *231*
아버님께 · *232* │ 삶 마음 그리고 여정 · *233* │ 세계의 중심에서 · *234*

그림 한 줄 마음 한 줄

앞을 보고 높이 봐야
멀리 높이 날 수 있는 것을

EP 1 삶

그림 한 줄 마음 한 줄

살면서 붙잡고 영원히
있을 수 있는 것이
있을까요

EP 1

살며
사랑하며
나누며

EP 1

글 속에 마음을 담다
비 오는 날은 시인이 되자
감정의 시선
다정함 그 가을 위에서
커피는 맑은 하늘을 내린다
월요일 화이팅
C1.5시간 강변에 앉아
좋은 소식 알리기
겨울 단풍
충무로 화담(和談)

\# 1
글 속에 마음을
담다

EP 1

\# 1

너를 만나 용기를
얻는구나

글 속에 마음을 담다

아버지가 엄마에게
아버지가 아들에게
아버지가 딸에게
사랑을 표현한다

그리고

할아버지가 할머니에게
할아버지가 손자에게
할아버지가 손녀에게
사랑을 나누어 준다

그리고

친구는 친구에게
사랑하는 사람은 사랑하는 사람에게
존경하는 사람은 존경하는 사람에게

그리고

나는 너에게
편지를 쓴다.

비 오는 날은 시인이 되자

비 오는 날
비 오는 날을
정말 좋아하는데

마음은 시상(詩想)을 부르고
슬며시 펜을 꺼내어 본다

하늘이 우리에게
조금 더
가까이하고픈
신호를 보내는 날

차분하게 생각을 나눌 수 있는
그런 날

고마운 날이다

빗줄기 내리는 창 밖을 오롯이
바라다보면
오늘은 그냥 시인이 된다.

감정의 시선

조금은 설레는 단어를 만나고 있다
마음 따라 시선 따라

감정은 누구를 찾고 싶어하는 걸까
보고 싶고 만나고 싶은 너를 어떻하지
나는 참 멀리서 물끄러미 바라만 보았다

가까이하면 너는 멀리 달아날 것 같고
슬픔을 숨기려는데 눈가가 무거워 오고
기쁨을 나누려니 심장이 너무 떨린단다

허-허
아랑곳없이 주위는 조용하구나
오늘은 나를 만나 소중함을 선물해 보자
오감이 만나는 감성을 찾아가 보면 좋겠어

처음 보는 것도 아닌데 심장의 울림소리
시심으로 달래보면 마음 좀 진정되려나
너를 향한 나의 감정 어쩌면 좋니

그 마음 그대로 사랑인가 봐.

다정함 그 가을 위에서

하늘이 마음을 열었다
햇살과 친구삼아 한여름 지냈단다

오늘은 가랑비 너도 한껏 뽐내는 자태
계절 따라 살며시 다가왔구나

참고 기다린 오랜 시간들
하늘 아래 구름도 마음 열고
기지개를 켜는구나

아, 무지개는 오늘도 지각인가 보다

마음껏 자랑하는 빗줄기 가을비로 변하여도
우산 없이 맞대고픈 내 마음은 하늘을 본다

툭-툭-툭
주르륵 주르륵
가을비를 맞이해 보자
조용히 내리던 빗방울 빗줄기가 되어 간다

비가 온다 가을비 많이 온다 많이많이

대지 위는 바쁜 시간 생명을 나누는 모습들
해도 구름도 빗줄기도 넉넉한 시간
한다음 담아 같이 한 번 살아가 보자

여렸던 삶 서글펐던 시간
한쪽으로 미르어 두었던 내 마음도
서로를 이해하며 나누는 시간들

서점을 찾아보고 우체국도 바라본다
그리고 가을도 거닐어 본다
길가의 다정함이 계절을 타나 보다
은혜와 감사함이 살며시 찾아온다

다정한 우산 하나 가로등 아래
젊음이라 부르는 연인들도 아름답다.

* 이달의 시 수상작(2024. 10)

커피는 맑은 하늘을 내린다

오늘
아침 하늘이 너무 맑다

창 밖의 사람들
빠리지엥의 마음 담아
강남 빠바에 앉아 본다

막 구운 크림빵
따스한 커피 한 잔

책 한 권을 친구삼아
저 너머 창 밖을 본다

높은 하늘에
많은 마음을 넣어 놓았다

삶에
감사와 여유를 더하여 본다.

월요일 화이팅

안녕하세요. 한 주의 첫마디

하루의 마음은 한 잔의 향기와 같고
한 주의 아침은 라벤다의 화사함 같아
소중함 더하며 내게로 가까이 왔다

풍성한 삶이 반기는 월요일
조금은 여유 있는 모습으로
화이팅 해 보자

번잡한 많은 생각들
변함없이 힘든 시간들
도착하지도 않은 염려와 걱정
덤덤한 마음으로 넘겨 버리자

오늘은 아침이 인사하는 날
새로운 용기와 희망을 담아
어느덧 친구가 될 테니까

손 잡고 함께하는 너와 나의
월요일.

C1.5시간 강변에 앉아

차들이 달린다, 여유 있는 드라이브
도로 양 옆으로 자전거 음악이 흐르네

흘러가는 물 소리 계절 따라 떠나보내고
성수대교 서울숲 동호대교 오색 꽃 봉오리
저녁 시간 거리 두고 넉넉히 걸어본다

가로수길 벤치 아래
나도 있고 아내도 있다
뿜블리 포메라니안도 있다
COVID-1.5가 주는 무게감

오가는 발걸음은 사랑의 목소리
돌아보면 언제나 가벼운 산책길

가을 자태 뽐내던 키다리 갈대숲
겨울엔 수줍은 듯 살며시 어디 갔을까

아내 선물 털모자는 추위를 잊게 하고
온기 가득 머리 위 바람도 스쳐 간다
손수한 뜨개질로 한겨울 감사 함께한다

봄기운과 C1.5 기싸움도 팽팽하구나

늦은 겨울 저녁 달빛 밝기는 한결 더하니
답답한 이 시간들도 곧 지나가겠지.

좋은 소식 알리기

좋은 소식 알리기 캠페인
마음 주고받기 우리 시작해요

좋은 날은 자축하며 맞이하는 날
언제나 마음을 담아 인사드립니다

삶 중에 만나 오늘도 함께할 수 있는
마음의 공간에 감사드립니다

늘 사랑으로 부지런한 열정의 멋
오늘을 축하의 마음으로
맞이하게 해 주어서 고맙습니다

좋은 소식 알리기 캠페인
축하를 문자로 하여도 감사합니다

AI시대의 발걸음 이모티콘도
고맙습니다.

겨울 단풍

변함없이 창문 밖에 또 한 손님 왔나 보다
이른 아침 찬 공기로 겨울 바람 전해지고
걸터앉은 나뭇잎은 손 흔들며 소식 주네

사이사이 파란 하늘 따스함은 두 배인데
도토 위에 노란 은행 한가득이로구나

오고 가는 발걸음에 인생 소식 나누고파
한 시절 바쁜 삶도 잊은 듯이 살았건만
너른 길가 오색단풍 가득한 걸 어이하나

계절 따라 보낸 세월 올해는 찾으려나
기다림에 한세월도 그렇게 사라지니
높은 잎새 단풍 찾아 차나 한 잔 같이하세

내 마음 전할 즈음 그대 마음 보내주소
겨울 지나 꽃망울도 이제 곧 온다지 않소

충무로 화담(和談)

역사와 삶이 살아 숨쉬는 공간
세월을 넘어 간직한 충무로 골목
인현거리 삶의 흔적 가득 담았네

넉넉한 마음 갖고 그 길 찾았더니
문인들의 밤거리 만담으로 한가득
충무로 인생 풍미 잘도 지켜왔구나

너와 나의 삶 보따리 두루마리 가득하니
한밤 새벽 오고 가는 골목 화담(和談)길
너도 친구 나도 친구 달빛도 저무는구나

그 마음 오랜 흔적 이제야 찾았건만
마음 속 문인친구 기억 속에 자리했네

사랑보다 미움 되어 가는 그리움이여
세월의 흐름 속에 그대 모습 그려 본다.

EP 1

살며 사랑하며 나누며
사랑은 항상 곁에 있었네
사랑가
못다 한 어머니와의 식사
요건 내 꺼야
마음 한 뼘 성장하는 날
인생 네 컷
인생 내 컷
사랑을 그리다가

2
살며 사랑하며
나누며

EP 1

2

달아날 것 같은 너
항상 내 곁에 있어
주었구나

살며 사랑하며 나누며

인생을 살아가는 평범한 삶
살아 있는 마음을 나누는
이 시대의 속삭임

생경을 함께 담고
또 웃어 보는 기쁨

지난 세월 시간 따라
그리움 찾는 덤덤한 대화

사랑을 사랑이라 부르며
기다림을 인생이라 명하고
그리움을 마음이라 표현해 본다

살며 사랑하며 나누며.

사랑은 항상 곁에 있었네

그의 사랑 나 어디로 갈꼬
한결같은 모습으로 살고자 했건만
흔들리는 갈대 보고 있구나

인도자가 있다고 생각했건만
내 스스로가 인도자가 되어 살아왔고
사회적 풍파 해결점 없는 듯
왜 이리 삶은 풀기가 어려운지

돌아가면 갈 수 있을까
어딘지 잠시 길을 잃어버린 것 같다

머뭇거리지 말자
서 있지도 말자

나는 방향을 알고 있잖아
그 길로 이제 가면 되는 것을
나를 내려놓기가 힘들었구나

내 영혼이 방황하고 불안해하는 모습
멀지도 않은 길 돌아가지 않아도 된다

그 사랑 항상 곁에 있었네
고백을 해야 하는 순간이구나
마음을 찾아내 사랑 고백하자.

* 연재시(2024. 11)

사랑가

그 사람 그 이름은 너무도 친숙하다
열정과 따스함 깊이가 있는 사람

나만의 그대 오늘도 함께하자
어디서 시작했을까 변함없는 한길
이야기 가득한 그 모습 사랑이어라

용기 얻어 뚜벅뚜벅 걸어가 보자
나도 모를 마음 추스리고 찾아가 보자

세월 지나 가까이서 동행하는 너
내 마음 모두 모아 사랑이라 부르리.

못다 한 어머니와의 식사

한동안 꿈꾸듯 지난 시간들이 소중했다
돌이켜보면 함께한 시간들이 얼마나 귀했는지

추석을 막 지난 어느 날 밤새며 기다리셨단다
아낀 반찬으로 식사하며 나눈 이야기들
몇 번째인가, 헤아릴 수 없는 그날의 이야기

요즘 입맛이 없다고 물에 말아 식사를 하시며
나머지 후루룩 한끼 채우시던 어머니
밥알 가득한 하얀 식혜 한결같은 손맛의 그리움

짧은 시간 아침식사로 추석 인사드리고
바삐 떠나는 손주녀석이 못내 아쉬우신가 보다
아껴 둔 과일을 꺼내시는 어머니를 뒤로한 채
그렇게 각자의 추석을 보내고 있다

바쁜 일상이 가져온 어머니만의 식사
삶의 사랑도 차 나누지도 못 하고 지나온 세월
이제 그 식사의 맛을 알 것만 같다

보고 싶다, 어머니.

요건 내 꺼야

어디쯤 있을까, 할머니 사랑꾼
잠시 비운 자리 네 마음을 넣었구나

오물조물 오물조물
오늘이 최선인 아인
나는 누구일까, 몰라도 좋다

할머니와 아인이
오늘도 서로의 마음에 사랑을 담는다
세월 차이 어느덧 친구가 되어 간다

사랑은 가까이서 보면
세월도 그렇게 멈추나 보다

시간아, 어디쯤 가고 있을까
사랑은 마음을 녹이는구나

폭풍 성장

현인들의 단어인 줄 알았건만
나의 사랑 폭풍언니
그대는 아인이구나.

마음 한 뼘 성장하는 날

어버이날을 맞이하는 마음은
늘 설레인다

봄의 따사로움과 화려함
들녘이 더욱 빛나는 계절
여름도 문 앞에 와 있다고
투정을 부리는 날

생활이 바쁘고 번거로움 많을 텐데
오늘을 기억하는 마음 감사를 나눈다
늦은 저녁 고마움을 사랑으로 표현도
해 본다

부모가 되어 가는 한 뼘
무엇을 배우며 가듯
시대를 이끌어 가는
건강한 젊음의 세대

삶의 폭을 한 걸음씩 넓혀 가는
사랑의 발자국

오늘은 마음 한 뼘 성장하는 날.

인생 네 컷

작은 상자 안에서 찰칵찰칵
까르르 웃음도 자주 들린다
한참을 서서 소리에 귀 기울여 본다

엄마 이렇게 우리 해 볼까
옆모습이 좋은데
웃어야지 브이쁘이

한 치도 안 된 꼬마
엄마와 재잘거리며
한 컷 한 컷 표정도 한가득

바쁜 삶과 어색함에 지나치던 곳
삶이 주는 선물인가, 한 컷 두 컷

놀이동산 찾아온 듯
함박웃음 가득하네.

인생 내 컷

어디서 배웠는지 배우 표정 한가득
익숙한 곳 다시 찾은 인생 네 컷

눈 앞에서 브이쁘이 바로 옆은 인생 내 컷
곁에 있는 할아버지 웃음 한 컷 살렸구나

삶이 주는 인생 내 컷 어딘가 있을 틴데
아직 못다 한 웃음놀이 여기서 찾았구나

인생 무게 얼마인가, 그 무게 알기 전에
세월 찾아 감사하며 또 살아 보자꾸나

선물 같은 인성 내 컷 슬며시 주고 갔네
오늘도 웃음 찾아 사랑 나누어 본다.

사랑을 그리다가

너무 멀리 보지 말자
궁금한 날이 오늘만은 아니겠지

누군가 나를 불러 주면
마음으로 그것만 생각하자

서로 깊은 거리가 없어도 좋다
언제인가 기억하지 않아도 좋다

그 사람 그 모습 가슴 깊이 간직해 보자
오늘을 기억하며 그날이 그립도록

사랑이 그리울 때까지.

EP 1

삶이 주는 편지
사랑의 여정
문학기행
나의 사랑 흰 머리 바리스타
가을 열매 사랑 열매
동심 편지
고등어와 오징어
감정이 말하는 계절
그리움
증조할머니는 시인

3
삶이 주는 편지

EP 1

\# 3

우리는 함께
살아가고 있구나

삶이 주는 편지

누가 먼저인지 모르지만
귀한 날을 함께하게 되어
마음을 전하였습니다

나는 붓을 들어 마음을 선물하고
아내는 자녀의 이야기로 마음을
옅었습니다

마음은 들떠 있었고
아이스크림 케익과 어울리는
밝은 촛불

수줍은 듯 손편지 건네며
축하의 마음 감사의 표현
모두 전달할 수 있으면 좋겠습니다

평범한 가족답게 소박한 저녁
그 마음 더욱 풍성해지네요

오랫동안 간직한 마음
한마디 전해 봅니다

사랑합니다
고맙습니다.

사랑의 여정

사랑의 마음이 자라서
가족이 되었습니다

삶의 긴 여정 가운데
사랑은 친구가
되었습니다

여정은 마음을 모아
세월을 선물하였습니다

그리고 오늘

남편이라는 이름으로 변함없이
아내라는 마음으로 변함없이
믿음을 통해 또 바라보게
되었습니다

사랑은 베푸는 것이라고

액자도 없는 한지에
마음을 전하여 봅니다.

문학기행

선인들을 만나며 한나절을 두 번 보낸다
삶과 문학을 찾아 떠나는 공간여행

인고의 세월 사랑으로 가득한 문인들
한 공간에서 서로의 마음을 담아 본다

스치듯 지나온 시간들 곳곳마다 흔적이구나
모두모두 시적인 삶들을 살아오셨구려
반평생도 훌쩍 지나 이제야 찾아보는 아픔

삶이 주는 된바람 그 시대에도 많이 있었나요
역사의 정통성을 지켜보자고
오류의 아픔도 견디어 보자고
너무나도 긴 세월 지켜온 이곳

현인 찾은 문학여행은 기행이 되었다
오랜 동안 되새기며 마음 깊이 기억하는
너와 나의 문학 그리고 삶의 발걸음

삶이 우리에겐 문학기행인 것을
선인들은 벌써 알고 계셨나 보다.

나의 사랑 흰 머리 바리스타

그곳을 지날 때면
유달리 생각나는 사람이 있다

한평생 정직을 다림줄로 살아온 사람
넉넉한 웃음을 간직한 흰 머리 바리스타
세월을 친구삼아 도심을 밝히는 신사

그곳이 어디인지 물어물어 찾아간다
풍요롭고 넉넉한 마음 그만의 레시피
언제나 오가는 사람들 정겨움을 나누는 곳

기다림은 사치일 뿐 기대감은 선물이구나
휘감기는 드립포트 진한 향의 커피친구(珈琲親久)
너도 나도 맛과 향기 익숙한지 오래란다

건너 한 집 커피집이 그렇게 많건만은
언제나 사람 온기 한가득 가득 찬 곳

흰색 머리 바리스타 험한 세월 다 견디고
커피에 담은 인생 향기 누구를 기다리는지

오늘도 수심 가득 걱정 가득 웃음 가득
도두 모여 인생 커피 한 잔이면 충분하구나

노신사 멋진 인생 커피 한 잔 담아 주시구려
함께 앉아 커피 한 잔 나누진 못했지만
손수 내린 정성 한 잔 삶이 주는 마음 한 스푼

따스하게 내린 커피 또다시 그 사람 올까나
긴긴 세월 마음 담아 그 사랑 담았구려
오늘도 묵묵히 커피 내리는 늦은 오후
나의 사랑 흰 머리 바리스타

글 손에 시향(詩香) 담아 나의 마음 띄워 본다.

* 연재시(2024. 11)

가을 열매 사랑 열매

형형색색 마음껏 색상을 늘어 놓았네
너도나도 부지런히 열매를 딴다
나무에 매달려 올 한 해도 잘 견디었구나

이쁜 사과 비틀어서 따고
탐스런 복숭아 밀듯이 딴단다
노란 박스 한 바구니 가을로 가득하니
누가 먼저 채울까나 즐거운 놀이동산

노란색 복숭아 실온에 제격이고
빨간색 복숭아 냉장고가 집이란다
한 입 두 입 가을 맛이 꿀맛이로다

감사의 계절 풍성한 마음
서로 마음 기대며 살아온 인생
사랑도 가을만큼 풍성하여라.

등심 편지

머리엔 송골송골 땀방울이 정겹구나
너도 나도 어린 마음 동심을 찾아가네
가득한 웃음소리 세상 시름 언제인고

떨어진 둥근 과실 아까워서 어찌할꼬
비바람 모진 풍파 잘도 견디었건만
나뭇가지 떨어져 성장 멈춘 작디작은 너
건실한 과일에 그 마음 양보하였구나

한동안 아픈 마음 너를 보게 하는구나
노란 박스 친구삼아 오늘만은 같이 가자
오가는 발걸음에 행여나 밟히지 말고

너를 찾는 넓은 세상 우리 같이 찾아보자
돌아올 그때 즈음 웃음소리 또 듣겠지만
너를 향한 마음만은 지금처럼 간직하마.

고등어와 오징어

비 오는 잔잔한 오전을 지났다
내리는 빗방울 변함이 없구나
빗줄기만 계절을 느끼게 하는 늦은 점심

이곳저곳 골목진 곳 어머니 감성을 찾아
무심코 들어간 맛집
잔잔한 음악이 흐르는 그곳
어쩌면 오늘 이곳에 어머니가 계실지

사는 곳이 같은지 한 집에 같이 있다
고등어와 오징어
오늘 잠시 고민에 빠진다
어머니 손맛이 문득 생각나는 곳

그렇게 잠시 생각을 멈추다가
고등어구이를 선택했다
참 이상도 하지 아주 짧은 시간
오징어볶음을 또 주문을 했다

아하, 어머니가 여기 계신가 보다
그분이 많이 생각나는 오늘이다
여기는 어디인고

이름이 「골목한식」 맛있고 든든한 식사 한 끼
이 집을 언제 다시 찾을지 모르겠지만
감사한 이 집이 오랫동안 있으면 좋겠다.

* 연재시(2024. 11)

감정이 말하는 계절

감정이란 놈 오랫동안 속내를 잘도 감추더만
이 계절 유난히도 마음 갈피 못 잡는구나
온갖 색상 다 볼 참에 시 한 줄 읊어 보니
두리번거리던 내 심장도 두근두근 말을 하네

힘들 때 변함없이 저 하늘 친구삼고
웃음나는 한 계절 나도 함께 즐겼으니
어느 세월 깊은 시름 없었을까만은
살다 보니 내 마음도 지낼 만하다오

모진 세월 어찌 그리 쉬이 보냈는지
한여름 땀 속에서 하늘구름 그늘삼고
두 계절 넉넉하니 이제 좀 놓아 주시구려

이런 생각 저런 생각 마음잡지 못하는데
높은 저 흰 산등성이 계절을 알리누나
사계절 주는 마음 풍성함에 감사하니
봄이 주는 화사함도 기다려 봄세 그려

잊었던 그 사람도 다시 찾아오시겠지.

그리움

세월이 주는 삶의 소리를 듣는다
성장통인가 마음의 표현인가

잠잠하던 그리움 가득 차 버렸네
시간도 멈춘 듯이 선명한 기억

한 해의 안부인사도 잊은 채
도시의 삶 속에서 오롯이
연민의 마음만 품고 있구나

오랜 세월 사랑 모양 가득 채우고
자식에게 주고 보내신 모진 세월들

한 해 가고 새해 오면 찾아오려나
목마른 그리움으로 살아가는 시대

늦어진 사랑 찾아 움직여 보자
그리움이 서러움을 찾지 못하게.

증조할머니는 시인
- 권혁신

불빛도 없는 달밤에
냇가에 앉아

노래 부르던
옛 친구

지금은 어디에.

　　　　　　　＊ 권혁신(임신영 시인의 어머니. 1934년생)

EP 2 마음

그림 한 줄 마음 한 줄

눈을 맞고 있는 새를 보는
모습이 정겹고 예쁘고 아름답고
조근한 느낌이 들었습니다

EP 2

마음을 열면
보이는 것들

EP 2

마음의 대화를 찾아서
ㄹ 그리고 ㅁ
응봉산자락에서
바람과 나뭇가지
스카이라인 가로등
걸어서 마음 속으로
경춘선 철길 풍경
자연의 도심 소리
바람 따라 사랑 따라
너와 나의 발자국
어머니의 기도

1
마음의 대화를
찾아서

EP 2

1

그냥 같이 가보자
그러면 좋겠어

마음의 대화를 찾아서

한 번 즈음 적막함이 마음에 찾아올 때면
혼자만의 시간은 잠시 사색으로 변하여 간다
인내심 한껏 갖고 이 시간을 기다린 듯이

딱히 좋은 생각들만은 아닐진데
왜 그리 번잡함은 많이 찾아오는지

고마움 그리움 웃음 슬픔 이 생각 저 생각
영화를 보듯 기억은 그렇게 친구가 된다

고요함이 조용하게 마음에 앉을 때면
안정된 마음 덕에 생각은 벌써 변하여 간다
삶을 격려하고 축복을 나누는 풍성한 대화

적막함 고요함은 이름만 다르건만
몰래몰래 요동치니 너는 참 대견하구나.

* 연재시 (2024. 12)

ㄹ 그리고 ㅁ

삶이란 짧은 단어
질문에 넣어 본다

너는 나는 어떻게
살아온 걸까

ㄹ ㅁ 두 자음
마음에 품고
긴 세월 넓은 세상
잘도 견디어 왔구나

도심의 밤낮은
번잡함이 일상이거늘
삶이 주는 시상은
철학으로 가득하구나

질문 많은 세상살이
의문문 투성이지만

내 마음 잡으려니
낭만 계절 먼저 왔구나

흩날리는 낙엽 위에
시(詩) 한 수 얹어 보련다.

응봉산자락에서

살짝 시간의 문턱을 넘는다

고맙습니다
감사합니다
사랑합니다
그냥 인사르도 좋다

서을숲 응봉산
한숨에 걸어본다

강남과 강북 모두 바라보이는 명소
서울의 심장부 사진에도 담아 본다

좌우 모두 멈춤 없이 달리는 시대
역사를 담은 강줄기 변함이 없네

현인들의 지혜가 너와 함께하는구나
세월으 기적 역사의 삶이 풍성한 이곳
오늘은 그 역사 내가 한껏 품어 보리라

저 멀리 흰 구틈 변함없이 흐르는데
가는 길 벗 되어 마음에 담아 본다.

바람과 나뭇가지

오늘은 유달리 바람이 많이 분다
어디서 오는지 방향을 알 수 없지만
손가락 사이로 잘도 오가는구나

힘든지 어딘가 쉴 곳 찾는 가냘픈 모습
오늘 따라 유심히도 너를 느끼게 된단다

작은 나뭇가지 너는 또 어디서 왔니
뿜어 나오는 강인한 모습 보고 있단다

억센 바람 불어 와도 아랑곳없이
모진 바람 벗삼아 흔들 친구되었구나

세찬 바람 몰아치며 힘껏 불어도
그 바람 슬며시 품어 주는 너

고독과 염려가 너에게도 없진 않으련만
삶이 주는 바람은 그냥 함께할까나
수심에 찬 우리 삶에 격려의 말 잊지를 않네

내 곁에 맴도는 넉넉한 마음 쏨쏨이
바람 친구 삶의 지혜 전하려나 보다.

스카이라인 가로등

도심 속 저 멀리에서 멈춘 공간들
아스팔트 포장 위에 잠시 서성거리다
무심코 던져 버린 나만의 시선
한동안 스카이라인 너와 마주친다

빌딩 사이 아주 짧은 황톳길이 보인다
대문 건너 궁금하여 살며시 내다보듯이
시간을 그렇게 또 저 멀리 쏘내어 본다

햇빛 받아 더 밝은 한낮의 가로등
더위에도 이리저리 잘도 밝히는구나
도심엔 낭비 따윈 아랑곳 안 해도
누군가는 지금도 깜깜한 밤인가 보다

불빛 사이 연결된 작은 거미줄 뿐
참 많이도 오갔을 가느다란 생명줄인데
정형화된 그 길 아무도 살펴보지 않는구나

도심의 바쁜 걸음 너도나도 통화 중
나도 따라 재촉하는 나만의 발걸음

우리 모두 살아가는 삶의 길이로구나.

걸어서 마음 속으로

따스한 마음으로 맞이하는 주말 아침
한 폭의 그림 같은 여유를 만나게 된다

오늘은 나만의 시간 여행을 떠나 볼까나
마음 모아 걸어가는 역사를 따라 가보자

정겹게 다가오는 모습 삶의 귀한 흔적들
어쩌면 오늘을 말하고자 숨겨 둔 세월인가
지나온 물결마다 벅찬 삶의 소리가 들린다

기록 속으로 찾아가는 선인들과 변화의 여정
조금은 늦은 듯 한 시대를 거슬러 가보자
색 바랜 삶과 역사의 매력에 푹 빠져든다

너무도 척박한 시대와 삶의 모습을 보며
마음 한껏 열고 따라서 걸어가 보는 거야

현인들 풍류 발자국 보폭이 넓기도 하다
어떠한 지표를 말하고 싶어하는 것인지
이 시대를 살아가는 우리와 대화를 한다

세대를 아우르며 살아온 격정의 세월들
늦은 밤 만남의 기쁨 더욱 풍성해진다

생각이 마음 품고 함께하는 즐거운 여행
너와 나의 인생여정 친구가 되네

가끔은 이렇게 마음 담아 걸어가 보자
지혜 담긴 현인들의 역사 속으로

경춘선 철길 풍경

경춘선 철길 찾아
달리는 기차 소리

도심을 지나면서
흔들거림도 정겹다

어디서 본 듯한
창 밖의 풍경들

시골의 맛도 참
멋스럽구나

초록색 들녘 산은
계절을 즐기고

너만의 색깔로
대화를 하는구나

멀지도 않은 길을
참 멀리도 돌아왔네

지척의 풍경에
오늘 마음 찾는구나.

자연의 도심 소리

사라진 도심 거친 숨소리
시간이 조금 지났을까

넓어진 자연의 시선
보이는 마음 따라 어디론가
저 멀리 떠나가 보자

자연 멍 여기저기 찾아보자니
시선과 마음은 숨바꼭질로
요란도 하구나

삶 소리도 도심 메아리도
자연과 한 부분인가

기억 속 너의 모습
들녘 위에 함께하누나

먼 산 위에 우두커니
내 모습 볼 때면

가까운 자연 먼 도심
모두 지척에서 삶이라
부르는구나.

바람 따라 사랑 따라

밭과 논이 어울림을 자랑한다
강줄기는 출렁이며 은빛 날개 품었구나

하늘과 마주친 고추잠자리
맑고 맑은 너의 날개
가을 품고 날아 보려나

마음이 청결한 어린 작가 어디 있을까
파란색 하얀 구름 뭉게뭉게 한가득
저 멀리 하늘 위 잔뜩 뿌려 놓았구나

조용한 바람도 자연에선 그림 소재
자기는 어디 있냐고 물어 볼작시면
흔들흔들 가지 사이 머물다 사라진다

홀연히 사라진 바람의 걸음걸음
어디 그리 바쁘게 가 버린 걸까

사랑도 바람과 친구인가 보다
바람 따라 내 마음 슬며시
보내어 본다

오늘 따라 유달리 보고 싶은 사람.

너와 나의 발자국

잔잔한 보슬비 창가의 아스팔트
들리는 차 소리 빗소리가 정겹다

하늘을 향해 보니 빗줄기는 같은 크기
마음 열고 한 계절 친구삼아 볼까나

봄비
여름비
가을비 그리고
겨울비

생각과 마음을 제치고 열어 보자
하늘 비 도심은 On Air 24

빗줄기에 너그러운 갓 씌운 가로등
등불 아래 선명해진 방울 맺힌 거미줄

우산 속 두 발자국 참으로 정겹구나
나타났다 사라지는 아주 찰나 모습인데
두 그림자 첨벙첨벙 동심 찾아 뛰어 보네

도심의 밤거리 겨울비도 아름답다.

어머니의 기도

어머니의 기도 어머니의 사랑
그렇게 오랜 세월 맞이해 봅니다

한결같은 그 모습
당연한 것으로 여긴 세월

자상하던 얼굴 웃음길 자리잡고
넉넉한 주름 친구인 듯 차고 넘치네

굽은 허리 펼작시면 한나절 쉬이 걸리니
어이 할꼬 긴긴 세월 마음은 그곳에 있는데

그 모습 그대로 허락한다면
내 사랑 가득 품고 그대 삶
닮아 가리다.

EP 2

황석채 너를 품다
공간 찾아 마음 찾아
참새와 나뭇가지
바닷소리 지평선
자연 속 놀이동산
삼색 친구
수생(水生)식물
쉬어 가는 저녁 노을
인생 담아 홀인원
화사한 너 만데빌라여
여름 나들이

#2
황석채
너를 품다

EP 2

\# 2

나의 마음
너에게
띄워 본다

황석채 너를 품다

자연이란 단어로 표현하기엔 너무 작다
구름도 솟은 바위도 틈새의 생명도 모두 하나

오늘을 만난 건 우리의 축복이려니
아주 조금만 마음에 품고 간다

케이블카 잠시 너도 보고 가자
한 줄기 선 따라 마음에 너를 담아 보건만

답답한 풍경 욕심이야 채울 수 있겠느냐
인간사 머두는 발길에 너도 함께하자꾸나

왕우 처림 그들은 알리요
잠시 머문 그 시간이 얼마나 소중한지.

* 신인상 당선 시(2024. 08)

공간 찾아 마음 찾아

따스한 미소 배려하는 마음
보낸 생각은 그렇게 모두 정겨웠다
계절 따라 일상도 살며시 따라간다

갑자기란 단어가 흔하지는 않은데
보고 싶고 그냥 말하고 싶은 친구

같은 마음 갖고 있는 사람이 있으면
무척이나 따스한 계절이 되겠지

이상하지만 나름 기분이 좋아지고
생각이 정리되는 그 순간을 맞이하며
넌지시 기댈 수 있는 자신을 발견한다

무너진 한쪽 마음을 토닥거려 보자

그냥 나에게 너무 심하게 하지 말자
일상의 습관적 모습이 없는 듯 지내고
일찍 일어나는 단순함에 익숙해지자

보고 싶은 친구가 너무 궁금해진다

마음의 공간을 나누며 갖고 가는 길
감사를 전해준 나에게 격려를 하자

넉넉한 웃음을 찾게 해 준 그 넋두리
오늘도 그의 이름 조용히 불러 본다.

참새와 나뭇가지

참 잘도 날아다닌다
조그마한 두발과 날갯짓으로

땅에서는 총 - 총 - 총
하늘에서는 획 - 획 - 획

작은 틈새 가지 사이로
무엇을 보려는지 두리번두리번
잘도 날아다닌다

채 멀리 가지도 못한 거리
힘이 드나보구나
요기서 조기로 저만치에 앉아 버린 너
한동안 자리를 잡지 못한
너의 모습이 안쓰럽구나

주위를 살펴보는 조심쟁이
생각 많은 참새야
너와 나는 영락없는 I형이구나

아주 작은 눈동자로
무엇을 보고 앉아 있는 거니

한가로운지 아니면 겁쟁이인지
나뭇가지 사이에 두고
이야기 한 번 해 보련

어디론가 훌쩍 날아가 버린다
그대 이름 나만의 참새친구.

바닷소리 지평선
- 여행의 숨소리 I

모양은 하나인데
표정 많은 바다야

파도 소리 모래 풍경
거친 모습 흰 파도

오늘 따라 파란 눈빛
욕심쟁이 되었구나

끊임없는 지평선에
시선을 멈추어 본다

심장의 고동 소리
그 소리는 내가 듣고

여행의 숨소리
그 모습은 마음에
담아 본다.

자연 속 놀이동산
- 여행의 숨소리 II

파도와 친구인가, 아주 작은 소라들
멋쟁이 조개는 껍질도 남다르구나

수줍은 듯 숨어 버린 손가락 사이 모래알
저 멀리 저녁 노을 한층 신이 났구나

바다왕자 누구인가, 뽐내는 친구 사이
큰 고래 바다거북 어른답게 여유롭고
흔들흔들 둔어 친구 어디에 숨어 있을까
물감 품은 물고기들 힐끔힐끔 바라다본다

공간놀이 닮은 바다 무척이나 평화롭구나
여기는 놀이동산 부러움의 시작이란다

세월 따라 너울너울 힘겹게 살아온 청춘
너의 모습 간직하며 친구놀이 배워 간다.

삼색 친구

누가 모은 걸까요
깜빡깜빡 삼색 친구

듣는 사람
보는 사람
걷는 사람
모두 제자리

바뀐 색 불빛 아래
다같이 건너 보자

출발

너는 너는 신호등 우리의 친구
빨강 노랑 파랑색 삼색 친구야

어린 두 손 하늘 번쩍

엄마는 안심
아빠는 웃음.

수생(水生)식물

파란 줄기 가녀린 잎사귀 가느다란 뿌리
꾸부정한 줄기 따라 생명의 물 올리더만
남모르게 밤낮으로 힘차게 성장하였구나
어디를 보아도 다 바라볼 수 있는 스킨답서스

물 한 모금 그 무엇도 욕심내지 않는 뿌리
누구를 위한 몸부림인가, 투명유리 벗삼고
하나 둘 셋 작디작은 너의 몸부림
한동안 너란 바라보게 된단다

무척이나 힘든 무게 견디며 살아온 시간
창가 조경 화폭 속에 너의 모습 담겼구나
묵묵한 물길에 생명력이 새롭다

슬며시 다가가 줄기 잡고 뿌리 한 번 만져 보니
숨소리 들리는 듯 견고하게 뭉쳐 있네
저 멀리 푸른 잎새 햇빛 찾아 떠도는데
줄기들 사이사이 공간 찾는 수생(水生)식물

너도나도 엉키며 살아가는 우리네 인간사
삶의 공간 찾아 나누며 살아가 보세.

쉬어 가는 저녁 노을

하늘은 뭉실뭉실
양털을 모았구나

작열하는 밝은 태양
수줍은 듯 작아지고

하얀 구름 어깨 너머
살며시 숨어 버리네

빼꼼하게 내민 얼굴
작은 달도 떠 있구나

지평선 놀이삼아
아름답게 꾸며 놓고

별명도 얻었다네
그 이름 저녁 노을.

인생 담아 홀인원

오늘은 더위가 어디로 떠났을까
계절 따라 색깔도 나뭇잎 찾아왔구나
푸른 들판 파란 하늘 단풍놀이 한가득

산등성이 꼭대기 구름 한 점 남겨 놓고
널브러진 나뭇잎새 가을 친구 삼았구나
소나무 청렴함은 산자락 밝히우고
늦은 단풍 시샘하며 홀바람 즐기는도다

달빛 찾아 밝은 햇살 저 멀리 사라질 때
내 친구 벗삼아 어깨동무 사진 찰칵

저 멀리 펄럭 깃발 그곳이 어디라도
너와 나 친구이니 같이 가면 그만인 걸
늦은 단풍 호사로다, 우리 함께 누려 보세

반평생 쉬어 지나 같은 세월 지냈건만
짧은 만남 사랑 담아 이리저리 간직하세

버디면 어떠하고 독수리 또한 반갑구나
알바트로스 날갯짓에 우리 함께 날아보세

모든 새 가득한 곳
인생잔치 홀인원이로구나.

화사한 너 만데빌라여

갑자기 서늘함이 다가온 아침 공기
천사의 나팔 소리 화사한 만데빌라여

한 멋을 뽐내는 너를 넌지시 바라다본다
계절을 기다리며 겸손히 피는 꽃
우아한 자태에 마음을 빼앗겨도 본다

피고 지는 오랜 시간 변함이 없구나
다양한 얼굴 빨간색 보라색 하얀색
오가는 발걸음에 기쁨도 선사하는 너
여름 더위 가을 풍경 한껏 즐거운 게지

열대지방 그리움도 있었을 것을
추운 이곳 서러움도 맞이하였을 텐데
모진 세월 견디며 잘도 살아왔구나

햇빛 받고 살며시 밝아지는 겸손한 자태
덩굴로 얼기설기 자란 연약한 모습
지지대 지팡이가 필요한 걸까
너의 모습 음률 따른 트럼펫 닮았구나

오순도순 살아가는 다정스런 마음
넉넉한 삶 그늘 되지 않을 때까지
웃음길 인생길 같이 의지해 보자꾸나

서리가 나타나는 그날은 기억하기로 하자
아름다운 모습 가득 담아 살아가면서
잊지 말고 너의 모습 함께해 주렴.

* 연재시(2024. 12)

여름 나들이

줄넘기하듯 아주 빠르게
계절이 넘어오나 보다

잠시잠깐 정거장에 서 있는지
먼 길 찾아오다 어디 갔는지
오는 길에 친구를 만났는지

이리 늦음 어쩜인고

북풍 맞고 내려가더니
흠뻑 즐긴 한 계절
잊고 떠나려는구나

이리도 쉬이 가지 못할 걸
왜 그리 빨리 와 머무르는고
내 마음도 땀방울 친구삼고
그대 찾아 떠나려 하네

세상살이 하염없이
갈 길 많다 하지만
힘들긴 해도 그 따스함에
정만 많이 들어가는구나.

EP 2

도심의 마음
에세이 없는 가벼운 아침
카페에서 만나다
할머니의 멜로디
겸손
변화와 성장
용기를 갖고 보면
가치를 찾는 마음
주간예보
책 속에 마음을 열자

#3
에세이 없는
가벼운 아침

EP 2

3

마음은 가벼운데
너무 보고 싶은 너

도심의 마음

가로등과 불빛 같은 도심의 공간
익숙한 삶과 루틴이 주는 마음의 여유
고즈넉한 저녁에 도착한 소박한 선물이다

어디에 서 있든 도심의 심장 소리
항상 축복이 깃든 곳
평범하지 않은 날들이 많다

종로를 돌다 보며 마주하는 시간
도심은 마냥 그렇게 즐겁다
튀김 치킨 골뱅이 오뎅 떡볶이
주인과의 대화도 저녁이 주는 여유

한국어 잘하는 외국인이 정겹다

습관적으로 핸드폰을 본다
좋은 친구 몇 명을 찾아보고
그냥 벗어나지 못한 도심
평범한 소식을 전해 본다

일상이 평범하지 않은 날
퇴근의 즐거움이 있는 도시
소박한 도심의 마음이다.

에세이 없는 가벼운 아침

삶의 에세이 미션이 없는
한 주를 맞이한 아침
가볍고 맑은 신선한 공기
오늘의 풍경을 맞이해 본다

마음은 풍요로운 기대감
새로워진 감성은 하나의 선물

나를 위해 기다려지는 에세이
채워 가는 내 사랑도 감미롭다

새로운 도전 설레는 세상
햇살 찾아 내 님도 함께 가보자
오늘을 만들어 가는 하루는
좀처럼 길지가 않단다

길가를 걸어가며 윈도우 너머
나를 바라다본다

함께하는 그에게 하루의 의미
소중한 마음으로 전하여 보자

뚜벅뚜벅 변함없이
걸어가는 걸음걸이

삶에 희망을 가득 품은
시간이 지금이로구나

아침의 소중함
내가 나를 찾는 날

에세이 없는 맑은 아침이다.

카페에서 만나다

이리저리 살아가는
모습들이 정겹다

가까운 카페에 들러 본다
노트북 텀블러는 나의 친구

드립포트와 바리스타
평온한 감성을 가져온다

커피콩 가는 소리가 정겹고
부드럽게 내려오는 따스한
커피는 드립 중

그 모습 따라 생각에 잠기다
마지막 드립 한 방울
한동안 바라다 본다

못다 한 책 친구삼아
반겨주는 공간을 찾았다

워크플레이스도 만나 보며
창 밖에서 주는 음악에도
귀 기울여 본다

커피 한 모금 책 한 모금
소소한 정겨움의 선물은
책장 넘기는 소리

마지막 페이지를 넘겨 본다.

할머니의 멜로디

음성이 들린다
무척이나 어두울 텐데
마음 따라 또 울린다

소리가 보인다

가사는 흥얼흥얼
선율이 살아 있다

조용한 자장가
사랑의 협주곡

할머니의 멜로디.

겸손

삶을 늘 멎지고 변함없이 살아가고 싶다
많이 배우며 감사의 마음을 전하는
그런 사람이 되고 싶다

서로 깊은 관심을 나누어 주며
지혜로 함께하는 아름다운 세상
어려움 보살피고 베풀며 살아가는
소중한 일상

그날들 돌아보면 성공한 사람이었다
흩께 말하는 그런 사람이 되고 싶다

졷 손을 친구삼아 고마움
잊지 않고 살아가는

그런 마음에 감사하는
삶을 살아가고 싶다.

변화와 성장

이른 빗줄기에 시간을 맞춘다
마음 나누어 보는 차분한 풍경

따스한 차 한 잔 생각의 여유로움
감사의 표현을 더하며 먼 시선을
가까운 마음 따라 차분하게 담아 본다

시대가 주는 변화의 물결 속에서
진심을 담고 달리는 소중한 사람들
열정은 친구인 듯 익숙한 모습이다

삶의 무게를 성장이라는 단어로
감싸고 안아야 하는 현대인의 삶
또 맞이하며 이 시대를 살아가 보자

생각을 잠시 멈추고 바라본 아침은
함께하는 사람이 있어 좋다

차 한 잔 다 마셔서 좋다.

용기를 갖고 보면

두 손 꽉 움켜잡고 삶을 살아가자
믿음과 용기로 살아가 보자꾸나

손바닥 좀시 얼굴에 가까이 대어 보면
두 손 열 손가락 열정의 모습 숨어 있구나

손바닥에 비친 그림자 내 얼굴인데
두 손이 전하는 세월 한가득이구나

지나온 삶 걸어온 길 번거로운 생각들
세월이 주는 무게는 깊기도 하건만
용기를 더하면 별일 아니다

조금 일어나서 걸어가 보자
그렇게 몇 발자국 걸어가다 보면
만난 세월을 또 그렇게 맞이하겠지

슬며시 내민 누군가의 손길이 있다건
이제 용기 내어 살며시 잡아 보자

나만의 셈을 버리고.

가치를 찾는 마음

이렇게 마음을 갖고 보자

희망
미래를 찾아가는 모든 열정의 마음
함께 주어지는 선물이라고

Actions speak louder than words
다른 나라에서도 감성은 마찬가지인가 보다

미래 가치
우리에게 주는 또 한 문장을 생각해 본다.

주간예보

두두둑 두두둑
새벽비 그리고 맑은 하늘
가끔은 우산을 손에 든
활기찬 거리의 발걸음

생활과 삶을 서로 친구삼아
열정의 마음을 나누며 시작한
한 주

잔뜩 긴장한 생각에 지식을
더하면 어떤 마음일까

오랫동안 고민하고 해결해 가면
나름 나에게 철학도 생기게 되겠지

지혜를 소중하게 여기는 따스함
오늘도 누군가를 만나게 될 거야

대화로 웃음으로 통화로 나눔으로
그리고 마음 따라 지나는 한 주

내가 누군가가 되어 보자.

책 속에 마음을 열자

마음을 읽어 보며 걸음을 아껴 본다
글이란 고향이 있을까, 찾기로 한 그날
무심코 발걸음은 그곳을 향하여 간다

흩날리듯 지나간 세월을 잡고 보니
삶 속의 허름함 왜 이리도 빛나는 걸까

한 계단 두 계단 찾아본 문인의 마음
생각 끝에도 마음 속에도 머물지 않는 그리움
한 세대만 넘어서 같이 더 보기로 하자

종일토록 계단에 쌓인 한 권 또 한 권
너도나도 모인 곳 각자의 그 사람 찾아
생각을 나누고 마음을 열어 보는 곳

책 속에 마음을 열자.

EP 3 여정

그림 한 줄 마음 한 줄

삶이 주는 목마름 감사로
시작해 보아도 좋아요

EP 3

삶이 만나는
여정

EP 3

오늘은 눈물을 참지 않아도 된다
아침에 주는 용기
즐거운 TGIF
침묵 대화
눈물만은 참자
그 사람 생각을 한다
그 사람 생각이 난다
그 사람 미안하다
그 사람 사랑한다
숨결은 마음의 깊이인가
색 바랜 사진
밤새 안녕
미안해 사랑해

1
오늘은 눈물을
참지 않아도 된다

EP 3

\# 1

그리움이 넘치면
사랑도 목마름이
된다

오늘은 눈물을 참지 않아도 된다

오늘은 눈물을 참지 않아도 된다

불빛이 없어 어두우면
어두운 대로

고달파 너무 아프면
아픈 마음 그대로

누군가 사랑하고 싶으면
사랑하고픈 대로

보고 싶은 마음 기다림에 있으면
보고 싶은 마음 그대로

오늘은 눈물을 참지 않아도 된다.

아침에 주는 용기

하루의 새벽과 아침 늘 마음이 설레네요
여전히 맑은 하늘 함께하는 밝은 햇살

따스함이 너무 어울리는 그런 날이죠
나만의 그대를 마음에 품어 봅니다

번민 가득한 발걸음도 한 걸음씩 가다 보면
멀리만 느껴지던 그대 기다릴 거리인 걸요

아침 마음 저녁까지 나누며 가려해요
사랑과 용기가 필요한 것은 지금이지요

용기가 사랑의 친구가 되는 시간입니다
오늘은 아침이니까 더 신이 나네요.

즐거운 TGIF

변함없는 삶을 살아가는 너와 나의 여정
한 주 동안 차분히 성장이란 모습을 담아 본다

만남과 지혜를 소중하게 간직한 한 주
살아가는 모습 시간과 공간은 달라도
열정과 감동이 오가며 정진하는 마음

한결같은 진실함으로 한 주를 지내온 거지
시간을 나누다 보면 격려는 덤으로 오는구나

희망을 가득 안고 마음 속에 맞이해 보는 TGIF
즐거움이란 행복이 가득하면 더욱 좋은 걸.

* TGIF : Thanks God it's Friday

침묵 대화

마음이 답답한데
표현하지 못하겠고

한가로운 시간인데
여유롭지 못하구나

기억 속의 운명인가
오랜 추억 만나 본다

여기저기 마음 모아
대화의 길 찾아보니

생각은 넘고 넘어
내 님 찾는 저녁이네.

눈물만은 참자

억척스런 세월 따라
혹독한 시간들

바라보는 한 시절은
반가움이 더 할진대

그리움에 눈두리 한 번

훅

생각에 잠겨 본다

한 줌 가득 그대 생각
오랫동안 머물더니

궁금함 그대로
홀로 떠나본다.

그 사람 생각을 한다
- 가다 보면 그곳이네 I

넌지시 사랑을
사이에 두고

그분만의 시간을
맞이하고 지나갔다

많은 대화도
하지 못했는데

그냥 같이 있어서
좋다고 하셨다.

그 사람 생각이 난다
- 가다 보면 그곳이네 II

같은 곳인데
멋지다고 하신다

바람이 불어서
너무나 추웠다

걸친 외투도 얇은데
겨울이다

그냥 따스하다고
하셨다.

그 사람 미안하다
- 가다 보면 그곳이네 Ⅲ

손 잡고 두툼한 옷
한 벌 샀다

급하게 길가에서
장만한 옷인데

웃으신다

평생 처음 간
옷가게인데

좋다고 하셨다

옷 한 벌 같이 사는데
팔십 년 세월이
훌쩍 지났다

고맙다고 하셨다.

그 사람 사랑한다
- 가다 보면 그곳이네 IV

오늘은 그곳을
지나간다

나는 바보였나 보다
그것이 사랑인 걸

네 편의 시를 쓰고서
이제야 알게 되었다

마지막 거칠어진 손 잡고
그리고 함께한 그 사람이

좋다

오늘은 눈물을
참지 말자

온통 그 사람 생각
뿐이다.

숨결은 마음의 깊이인가

매달리듯 걸쳐 있는
나의 사랑 너의 숨결

작디작은 두 눈동자
유심히도 살피는구나

살아본 놈들은 살아갈 생각에
넘들 생각 못 하겠지만

이 밤 또 지나고 나면
정성 가득 손길 담아

너의 길을 마련하련다.

색 바랜 사진

시선 따라 생각 따라
시간여행 오가는데

색 바랜 사진 모습
지난 소식 말해줄까

세월이 보냈는지
무엇이 그리운지

그 사람은 어디쯤에
살아가고 있을까나

책장은 넘기면 되는 것을

마음 속 사진첩은
추억만 남기고 가네.

밤새 안녕

짧은 인사 소중한 마음을 사랑하게 되었다
안녕하셔요, 좋은 아침입니다

곳곳에서 발생하는 자연재해에 놀라게 되면서부터이다
진출입 도로 침수에 안전수위 오르락 내리락

온 세상 비상근무 긴급 통화로 시작하는 첫 소식
며칠 간 밤을 낮삼아 수고하신 분들께 감사한다

6일째 계속되는 장마와 폭우도 미안한지 멀어져 갈 때면
잠잠해지는 자연에 마음도 조금은 안정을 찾게 된다

예고 없이 찾아오는 재해는 무엇을 준비하여야 할까
인생의 속도 예고 없이 시간을 재촉하고 있는 것일까

같은 모습으로 한결같이 함께했던 소중한 삶들
힘든 시간 만나면 어디론가 갑자기 훌쩍 떠나 버린다
이별은 친구도 아닐진대 어찌 변함없이 찾아오는지

걱정과 염려 솟구치는 순간들이 자주 찾아온다
누군가의 버팀목은 위로가 되었건만
자연과 함께 어우러져 살아가는 우리의 삶

겸허한 마음으로 창조자를 기억하며 주위를 본다
오늘도 인사를 한다

밤새 안녕.

미안해 사랑해

스쳐 지나가 버리면 그만인 것을
하염없이 벗어날 줄 모르는 그대

설레는 마음 힘겹게 보내고 보내었는데
그대라는 이름 눈시울만 뜨겁게 남는구려
어디쯤 가고 있는지 거리 참 멀기도 하지

눈망울은 기다림으로 마음 가득 차 버리고
못다 한 말 한마디 용기도 기다리는데
어디선가 멍하게 들려오는 메아리인가

사랑도 미움도 그리움도 기다림도
모두 한 가지 마음이요, 모습이더이다

사랑 미움 고이 품어 세월에 간직하고
그리움 기다림 살아가며 찾아보리다.

EP 3

스승의 날은 제자를 사랑하자
HJ 그 사랑의 이름으로
나만의 사랑 세레나데
자전거 타고 인생을 배우러 간다
부자(父子)의 차벽
축 결혼기념일
바닷가 사랑을 담고
시간, 사랑의 레시피
설레임
그냥

2
HJ 그 사랑의
이름으로

EP 3

\# 2

옆에 있어줘
사랑하니까

스승의 날은 제자를 사랑하자

올해도 한껏 단정해지는 날
스승의 날을 맞이해 봅니다

누군가의 가르침으로
지금을 살아가는 우리들

제자를 향한 감사를 담아
특별한 날로 준비해 본다

삶과 마음의 스승이 되어
같은 시대를 살아가는
서로의 스승

띵-똥 제자들을 맞이하는
스승의 날
너와 나의 삶이 담긴 테이블

제자의 사랑을 기억하게 해 준
고마운 날이다.

HJ 그 사랑의 이름으로

변함없는 사랑과 은혜로 만난 너
감사함을 이렇게 표현해 보는 기쁨
나에게는 감동의 시간이구나

축복의 소중함을 표현할 수 있는 오늘
고마움과 감사라는 단어도 사용해 본다

가을과 겨울 사이 반듯하게 태어난 애기씨
어느덧 성장 과정도 거쳐 가고 있구나
정성스런 모습으로 삶을 엮어 가는 모습을
사랑스러움 따스함 담아 바라보게 된단다

서로 존중하며 오순도순 살아가는 여정
너에게는 무겁게 느껴질 어머니의 삶
그 속에서 사랑 담아 마음 나누고 있구나

삶의 성장통이 너에게도 없진 않겠지만
그 모습 차곡차곡 간직함에 마음 울린다
짧은 기간 성숙해 가는 모습에 놀라서
뒤돌아보니 벌써 어른이 되어 버렸구나

멍멍한 가슴 늘 함께 찾아오곤 하겠지만
사랑이라 불러도 지나침 없는 시간이겠지
어린 소녀의 마음 늘 간직한 사랑스런 HJ

축복의 마음 변함없이 너를 향하는 날
밝아오는 새벽을 맞이하며 마음 전해본다

사랑한다.

나만의 사랑 세레나데
- 젊은 청년 사랑을 고백하다

영원함이 무엇인지 깨닫게 해 준
나의 사랑아

사랑이 무엇인지 볼 수 있게 하는
나의 사랑아

어두운 곳에서 그토록 오랫동안 헤매이던
내 영혼을 사랑해 준 그대여

내 깊고 깊은 어둠 속에서도
그대를 선명히 볼 수 있음은

그대를 향한 나의 불타는 마음이
더욱 환히 빛나기 때문이리라

창가에 떨어지는 빗줄기조차도
사랑하는 그대 향함 잠재우지 못하니

생명의 탄생과 존귀는 바로 그대
그대를 사랑하기 때문이리라

나의 사랑
나의 동반자
사랑하는 그대여

나의 삶
그대와 같이 하오리다

늘 그대와 함께하는 Y.

자전거 타고 인생을 배우러 간다

아들이란 이름 임명환 24살 즈음에
질풍노도의 시간은 지난 것 같은데 한 해 휴학
동시에 1년 버킷리스트가 생성되었단다

인테리어 몸가꾸기 요리하기 야외캠핑 프리다이빙
클라이밍 알바 자전거 여행 연애하기 골프 항공조정
참 할 것도 많은 세대다

전국 자전거 투어를 시작했다
자연을 통해 삶과 인생을 이야기해 보고 싶다나
도전을 향해 출발하는 모습이 뭐 짠하기도 하고

젊음을 시간과 자전거로 친구삼은 떠남이
기대되는 한 달 간의 모습
아내와 반려견 포메라니안과 보내 볼까 한다

한동안 소식은 듣겠지
인천에서 인천대교를 거쳐 출발
강원도 강촌 춘천을 지나 동해안 해안선
한국의 중간 산맥 백두대간도 거치고

남해인가 어딘가 해안까지 가서 대한해협
배 타고 바다 건너 제주로 입도 올래길
곳곳으로 다니는 자전거 전국투어

힘들 것 같은데 아들은 흥분과 열정에 가득 차 있다

아버지 마음은 걱정으로 마음이 복잡한데
쉬어 가는 삶도 소중한 시간이란 걸 배우도록
지금은 격려가 유일한 도움이겠구나

지혜로운 사람들 좋은 분들을 잠시라도 만날 수
있으면 좋겠다고 말하고 있다

커피 한 잔에 아내와 생각을 다듬어 본다
인생을 경험하기에는 아직도 걱정 많은 아버지
한동안 이러쿵저러쿵 대화를 한다

새벽에 기도 제목 하나 더 추가된 것도 모르는
아들은 그렇게 그냥 좋아하며 인생여행을 떠났다.

부자(父子)의 차박

태양을 친구삼은 8월 어느 날
짧지만 긴 여행 둘이서 간다
아버지란 이름과 하루를 떠나 본다

아침 저녁 한결같이 작열하는 여름
어디론가 떠나는 길을 반가워한다

조용하고 한적한 공간을 찾아서
MZ세대 아들래미 차박을 가자 한다
어디든 함께하길 간절히 바라는 세대

아들과 아버지 그리고 멀쩡한 집을 두고
차박 떠나가는 모습에 이해를 못 하겠다는
소리를 듣고도 집 떠나 고생한다는 차박

어울리는 조화는 필요치 않다
MZ세대와 함께할 수 있는 여행
오래지 않아도 즐거움 이런 것이구나
폼생폼사 참 꼼꼼히도 준비했구나

일상에서 생활하는 환경과 모양은 달라도
오늘만은 너와 함께 바닷가를 누빈다

오랜만에 사나이 아들과 진실한 대화
그런데 조심스러움은 아버지이기 때문인가

사랑한다.

축 결혼기념일

인생 삶 중에서 또 다른 생활의 중심인 날
가장 소중함으로 기억되는 아침을 맞이하며
결혼기념일을 축하해 봅니다

가정이란 이름으로
가족이란 이름으로
남편과 아내란 이름으로
축복을 함께하는 마음

사랑스런 자녀들과 함께하는 시간도
만들어 보았답니다

멋진 날을 사랑하는 사람들과
함께 지내게 되었습니다

축 결혼기념일

그렇게 인생의 삶에 감사의 마음을 담아
또 한 계단 쌓아 가고 있는 날입니다.

바닷가 사랑을 담고

하늘은 늦은 밤 별빛을 잘도 비추이고
저 멀리 들려오는 철썩철썩 찬란한 파도 소리
불빛 받은 너의 모습 유달리 잘도 보이는구나

사랑이란 이름으로 그 사람을 불러 본다
파도 소리 친구삼아 남모르게 불러 본 사람
오랜 친구 연인으로 사랑으로
긴 세월 함께 보내온 당신

처음 만난 그 시간 그때 마음을 찾아
지금도 변함없이 사랑의 마음 전하게 되오
십이월이 더욱 아름다운 것은
그대를 만났던 날들을 기억하기 때문이오

사랑이 머무는 곳 사랑의 파도처럼
변함없이 삶의 동반자 그대를 사랑하오

세월이 지나도 변함없는 푸르른 파도같이
밤 하늘 깊은 계절 사랑 전하게 되오

시간, 사랑의 레시피

사랑이란 레시피 재료는
그냥 만난 시간들

완성도 없이 한참의 세월
소중히 간직해 왔다

그렇게 그냥 오랫동안
머물러 주었다

삶과 인생을 넉넉하게
함께 나누고

서로에게 인생의
시인이 되어 간다.

설레임

웃음 찾는 너의 모습
밝고도 환한 미소

소중한 기억들은
언제 또 찾아왔지

새록새록 이내 마음
넘실넘실 설레이네

넘치는 웃음 그을린 얼굴
사랑 소식 기다린다

정겨움 속 나도 몰래
미소 한 번 지어 본다.

그냥

마음이 뛴다

대화만 나누는데

그냥 오랫동안

함께

있는 시간이 좋다

장소를 정하진 않았다

함께 있다 보니

오랜 시간

삶을

나누게

되었다.

EP 3

감사하는 건강 인사
있는 그대로 사랑해 보자
가을 우체국 앞에서
두둑한 용기를 찾자
사랑아 어느 날 일기
감동
말하는 습관
새벽을 깨우다
추운 날 어머니의 눈물

 # 3
있는 그대로
사랑해 보자

EP 3

\# 3

사랑 한 걸음
가까이

감사하는 건강 인사

모두가 소중한 분임을
알 수 있도록 해 주셔서
감사합니다

남을 섬기게 해 주시고
삶의 동역자로 작은 한 부분
감당하게 해 주셔서
감사합니다

하루하루 더욱 더 간절하게
마음을 나눌 수 있는 시간을 주셔서
감사합니다

영적 소명을 감당하는 시간들
감사하는 마음 사랑의 모습

모두에게 전념할 수 있도록
진실함을 존할 수 있어서
감사합니다.

있는 그대로 사랑해 보자

멀리 보이는데 생각은 멈추고 심장은 두근거린다
다가오는 너를 향해 나는 무언가 말을 해야 할 것 같다
환한 너의 모습 보일 때 즈음 나의 시간은 멈춘 듯

우리는 그렇게 만남을 시작했구나
보이지 않는 자욱한 안개가 나타나기 전까지
힘껏 함께 요동쳐 보자

보슬비도 좋다 가랑비도 감미롭다
소나기 빗줄기는 마냥 그렇게 신이 난다

온 세상에 마음 나누어 주는 너의 모습
파란 들녘 나무와 꽃들이 힘차게 요동친다

어느덧 쏟아지는 너의 모습에 조심스레 우산을 편다
누군가 만들어 놓은 도롯가에서 맨발로 만나도 본다
내린 빗줄기에 어딘가는 감당하지 못하여
잠긴 곳도 있는가 보다

어쩌면 우리는 작은 우산을 가볍게 펼치며 걸어가는
연인 같은 보슬비를 그리워하는 세계인지 모른다

너무 과하지 말자 위엄을 뽐내지도 말자
그대로를 사랑하는 용기 있는 너를 기다릴지 모른다

조심조심 안개가 올라올 작시면
웅장하던 더 구름은 어디론가 사라져 버리겠지

조급해 하지 말자
어수선한 마음도 받아들여 보기로 하자
다가오는 사랑도 그리워하는 만남도
오늘은 반가움으로 표현해 보자

그대로 그대로 그리고 그대로.

* 이달의 시 수상작(2024. 10)

가을 우체국 앞에서

소중한 삶을 살아가는
왕다운 우수룡 두 분이 떠오르는 시간입니다

축복과 같은 만남을 선물로 전해 준 소중한 분들
가을을 맞이하여 감사의 마음 함께 담아 봅니다

일상의 번잡함 속에서 함께한 열정의 마음
겸손을 기쁨으로 표현한 배움의 시간들
원시림 같은 처음 여정들 모두 기억해 봅니다

가을 우체국을 바라보다 발걸음 옮겨 보니
펜 봉투 편지 그리고 정겨운 우표 한 장
삶의 소중함을 글과 함께 보내어 봅니다

이곳 서울 광화문우체국에서.

두둑한 용기를 찾자

이렇게 마음이라도 표현해 보고 싶다
축복이란 하나의 사랑의 모습인가
함께하는 여정의 간절한 마음인가

어른이란 이름으로 다가가지 않아도
성장하는 모습을 마음 속에 간직해 본다

어디서든 힘들고 어려운 순간도 있겠지만
여린 마음 다독이며 용기를 찾아보자
그 시간 강한 가음 품고 이겨 내 보자

현인들은 때때로 두둑한 배짱 있으면
더 나은 길을 찾을 수 있다고 하더구나

변함없는 용기를 주는 희망찬 그 마음
우리 함께 찾아서 또 정진해 보자꾸나.

사랑아 어느 날 일기

사랑하는 마음이 조금씩 철이 들었다
잊은 듯 살았는데 촘촘하게 몸에 배었다

생각이 깊어지면 그대 향한 깊은 생각 그대로
기다리는 여력이 있으면 있는 여력 그대로
미련한 듯 대화하는 강인함이 숨어 있으면
숨은 마음 그대로 가보자

그대 향한 사랑은 더욱 깊어만 가는데
흐르는 내 마음 나그네 되어 버렸네

인생 삶이 주는 희망 모두 그대 향함이니
뛰다가 지치면 소리쳐 그 이름 불러 본다

생각하다 지쳐 꿈 속에서 만남도 감사한다
새벽이 늦어지면 찬 공기 먼저 나와 보겠지

마음이 있는 곳에 사랑의 길 깊어 간다 하니
삶이 만나는 귀한 여정 몸부림쳐 가보련다
사랑하는 마음 가슴으로 깊이 간직해 본다.

감동

하나의 모습으로 변함없이 살아가는 사람
그 사람 정갈 마음을 다하는 사랑꾼이다

언제나 한결같은 선한 영향력
축복이 함께함을 보게 된다

소중함 넘겨주는 그 삶이 너무 아름답다
사랑 담은 그늘 아래 그분의 마음을 품고
세계를 향한 헌신에 더욱 감동한다

역사는 아마 이런 분들의 흔적인가 보다
누군가를 향한 변함없는 사랑의 외침

오늘은 축복의 소리를 높여 기도를 하자
감사의 마음을 서로에게 표현해 보자
바라본 그 모습 내일은 우리 모습 될 수 있도록

기도하는 그날은 아름다움이 시작하는 날
감사의 마음으로 소중함을 전하여 보자.

말하는 습관
- 덕수궁 돌담길 찾아서

오랜 시간 지나 다시 찾은 정동길
숨은 듯 정겨운 길 따스하게 맞이한다

봄의 화사함을 간직한 다정한 돌담길
아름다움과 역사의 아픔 꽃망울이 반겨준다

여름을 맞이하며 너와 함께 거닐던 발걸음
태양도 함께한 문화의 열기를 만나는구나

품격 찾은 덕수궁 우아한 가을 님 찾아
배움과 나눔을 이곳에서 한껏 품었더구나

정동교회 종소리가 크리스마스를 알릴 즈음
연인들의 발자국에 겨울 흰 눈도 아름답다

오랜 역사 넘나든 돌담길 걸음걸음
대한문(大漢門)아 한양의 창대함 이어받아
나라님께 또 한 역사 함께해 주렴.

새벽을 깨우다

고요함만이 오가는 정적의 시간
하루의 만남을 그렇게 시작해 본다

작지만 특별함 더하여 맞이한 시간
나만의 선물을 찾아가는 공간이 된다

생활의 긴장감은 늘 찾아오지만
건강한 영적 삶을 기대하게 하고
한결같은 마음으로 시작하게 된다

삶의 지표 고요함이 주는 여유로움
생각을 정리하면 평안이 친구처럼
찾아온다

소중한 여명 마음으로 맞이하면서
누구를 위한 기도에도 진심을 담는다

겸손함을 찾는 감사한 시간이기도 하다.

추운 날 어머니의 눈물

겨울이 성큼 다가올 때면
어김없이 찾아오는 목소리

한글은 세계를 향하고
대화는 세대를 넘나든다

구십이 넘은 어머님은 오늘도 K-톡으로
자녀들을 걱정하신다

    "띵똥" 어머니 : 날도 추운데 잘 단녀온나
    "띵똥" 미국아들 : 엄마 잘 다녀들 오너라 예요
    "띵똥" 어머니 : 잘 단녀온나
               :
    "띵똥" 서울아들 : -

1. 잘 다녀들 오너라 : 대답은 네, 감사합니다
2. 잘 단녀온나 : 눈물이 난다.
              :
    "띵똥" 미국아들 : 엄마 단녀올께요.^^

EP 4 시 한 줄

그림 한 줄 마음 한 줄

새로운 날에 대한 희망과
태양의 한 빛이 주는 에너지

EP 4

시 한 줄
마음 한 줄

EP 4

그 계절에 만나다
삶의 매력
마음은 뚜벅이
잊지 않기로 하자
천문(天門) 운무(雲霧)
아인 사랑 오늘 천일
사랑 나눔
어린 세상
너

1
그 계절에
만나다

EP 4

\# 1

우리는 시인이
되어 있구나

그 계절에 만나다
- 습관의 매력에 감사한다 I

아침이 주는 따스함을
맞이해 본다

아름다운 꽃들은
화려한 봄의 향연

푸르른 나뭇잎은
여름철 생명의 찬가

흩날리는 낙엽에도
감성이 찾아온다

어느덧 내리는 눈송이에
두 손 모아 기도를 한다.

삶의 매력
- 습관의 매력에 감사한다 II

한껏 뽐내며 매력 찾은 세월
정성껏 넘겨받고 또 살아가 본다

덤덤한 삶의 여정 보듬어도 보고
감사한 마음 슬쩍 표현도 해 본다

인생 여정 누구의 습작일까
살아가는 그이만의 느낌일까
우리 모두 찾아야 하는 것일까

대답 없는 질문 놀람도 없이
그렇게 감성 찾아 떠나 본다.

마음은 뚜벅이
- 습관의 매력에 감사한다 Ⅲ

향긋한 커피 한 잔
음악 한 줄 충분한 길

계절의 습관 따라
세월도 움직이건만

마음 속 생각은 잘 모르겠구나
각양각색 어찌 그리 다양한지

흐름 따라 뚜벅뚜벅
그것이 삶이었구나.

잊지 않기로 하자
- 습관의 매력에 감사한다 IV

가끔은 모르게 찾아와 줄래
좋은 생각 나의 친구야

떠오르는 그 이름은
감사하는 마음이란다

오늘을 맞이한 나만의 사색
마음 속 어딘가에 간직해 보자

좋은 습관 잊지 말고
내일 또 보기로 하자.

천문(天鍵) 운무(雲霧)

내가 운무인가 운무가 나인가
어디쯤은 중요하지 않구나
찬 공기만이 높이를 가늠케 하네

한 무리 한 줄에 높이높이
내 마음 저곳에 함께 가자
그 사랑 머문 곳이 천문이겨니.

　　　　　　　　　　　　* 신인상 수상작(2024. 8)

아인 사랑 오늘 천일

얼굴 하나 숫자 하나
오늘의 선물인가

새벽 맞아 사랑하며
두 손 모아 기도한다

아인 사랑
오늘 천일

누군가에게 사랑의 빛이
나에게 있었다면

천일동안 변함없이
그 사랑 알게 해 준

나의 사랑 아인이가
분명한 것을

태어나서 성장하며
힘들진 않았을꼬

하루하루 폭풍 성장
너의 마음 재촉할시

짠한 마음 가슴 안고
눈가 다시 젖는구나.

사랑 나눔

아연 동생 울음 따라
네 걸음도 바쁘구나

인생이란 단어조차
너에게는 없으련만

천일 사랑 그마저도
나누며 살아가네.

어린 세상

엄마 아빠 친구삼아
가고픈 곳 많을 텐데

작은 아가 깊은 생각
아이참 어이할꼬

사랑둥이 어디 있노
넓은 세상 같이 가자

밝은 것은 네가 보고
어두움은 내가 보마

사랑아 어디 있나
조금씩 알아가자.

너

너를 향한 그리움이
찰나도 길다마는

오늘은 종일토록
축복기도 선물삼아

한마음 모두 모아
축복기도 보내 본다.

EP 4

사랑 그 그리움
커피친구(珈琲親구)
해 편
달 편
별 편
시(詩) 편
청담동 카페에서
보고 싶다 말해 본다
동그라미
할머니는 장난꾸러기
시간 속 맑은 웃음
가을 정거장
사랑인 줄 알았다
꽃송이 피다

2
사랑
그 그리움

EP 4

\# 2

사랑해

사랑 그 그리움

그리움에
몸부림쳐 본다

기다림에
마음도 담아 본다

사랑하자
그리움의 마음을
다할 때까지.

* 연재시 (2024. 12)

커피친구 [珈琲親久]

사계절 친구삼고
커피 한 잔 내려 보니

나만의 작은 공간
인생 삶이 담겼구나

오늘도 방울방울
나만의 낭만 커피

도심에 흩날리는
그대는 커피친구.

해 편

한낮의 더위를 마음껏 누리는
태양이 먼저 왔다

하루의 절반을 밝게 지켜주고
서쪽으로 내려갈 때면

둥근달 보름달 둥실둥실
시간 찾아 떠오른다

살짝 스치는 듯
눈웃음 보내며

시(詩) 한 줄을 남기고 간다.

달 편

고층에 걸린 뭉게구름
누구의 작품이로구나

달과 구름 어우러진 늦은 밤
서로서로 뽐내는 시간

노을도 보내고
사라진 구름 위
또 다른 친구

해와 달 친구삼아
온종일 어울리는
지혜로운 구름아

너의 모습 마음 담아
내 삶도 주인공 되리.

별 편

하루를 지내고 조용한 저녁
같이하여 볼까나

하나 둘 어디선가 반짝이는 그대
수선화 같은 별들아

쏟아지는 수채화 물감삼아
그려 본 너 아름답구나

가까운 듯 멀리 있는 밤 하늘
작은 속삭임

보이지 않아 서성이다
밝은 별 따라 찾아본다

하늘 시선 저 높이 두고
별을 바라다본다.

시(詩) 편

깊어 가는 계절 따라
울리는 자명종 소리

해와 달과 별과 시(詩)
변함없는 밤낮의 주인공

조금씩 양보하며 살아가는
너희들은 친구인가

밤과 낮을 사이에 두고
수많은 이야기 남겨 둔 채

그 지혜 가득 담아
시로 한 장르 간직해 본다.

청담동 카페에서

하늘이 즈는 선물은
오늘도 알 수 없는
촘촘함으로 다가온다

맑은 하늘 조각구름
옷깃을 재촉이는 발걸음

잠시 내린 가랑비에
모두 함께 친구가 된다

변화의 물결
정진하는 열정
성장의 몸부림

맑고 고상함이 별명일까
부는 바람 설레임에
내 마음도 함께 보낸다

그 사랑 머물러 닿는 곳
청담동 카페에서.

보고 싶다 말해 본다

너도 나도 바쁜 삶 살아가다 보면
잊었던 날 또 잊을 수도 있겠지

어느 날 둥근 케익 밝은 촛불 바라보면
하나 둘 아니 열 스물 오십 그리고 육십
촛불 개수 정겨움에 웃음지어 보인다

더욱 사랑스러워져 가는 작은 너의 모습
시작이 하나 둘 셋 그리고 넷이려니
말 한마디 웃음 한 컷 내 마음이구나

가슴 저린 오늘도 축복의 기도 더하고
변함없이 전하는 사랑 한마디 남겨 본다

보고 싶다.

동그라미

오늘은 동그라미 많아 좋아요
여기에도 동그라미 저기에도 동그라미
그런데 요기는 네모네

맛있는 긔역국 한가득 입에 넣고
또다시 만들어보는 동그라미

엄마엄다 찾아보아요
내가 숨긴 아주 작은 동그라미

엄마 얼굴 동그라미
내 얼굴도 동그라미
동생 얼굴 동그라미

왕할아버지 동그라미 그리진 못하지만
조용히 마음 속에 하트 한 번 그려 볼까나

조금은 멀리 높은 하늘 위 동그라미
더욱 더 보고 싶은 내 아버지 동그라미
마음 따라 네 모습 사랑으로 전하련다.

할머니는 장난꾸러기

자작시 자작곡

사랑하는 아이는
지휘자가 되었네

숨어 있는 사랑 이야기
할머니는 흥얼흥얼

내일도
자작시 자작곡

노래로 삶을 표현하는
할머니는 장난꾸러기.

시간 속 맑은 웃음

자정 즈음 지났을까

울음 그친 아이는
잠도 그쳤구나

어둡진 않니
어딜 보고 웃는 거야

세상에 나와 얼마나
지났는데

말이 없이 웃기만 하네.

가을 정거장

오가는 발걸음을 멈추듯 바라본다
양손 가득 온 가족 사랑꾸러미

오랫동안 맞이한 누구의 마음일까
어린아이 웃음보따리 덤으로 받았구나

기다리는 시간은 아직도 한참인데
정거장 갓길에 포근한 마음이 가득하다

차표를 찾아보고 넉넉한 여유로움에
멀리서 들리는 걱정스런 사랑의 목소리

올라가는 길 조심히 올라들 가거라
머리는 희끗희끗 족히 나잇살 먹었는데
가장의 무게인가 자녀의 걱정인가

멀리서 할머니 걱정 소리 요란하구나
정겨운 버스 들어오는 가을 정거장.

사랑인 줄 알았다

비는 피할 줄 알았다
그렇게 갈고 떠났다

가는 길 따스한 하늘을 만났지
그늘진 곳 찾아 피할 줄 알았다

너를 찾던 시간들
모두 사랑인 줄 알았다

밤잠 설치다 전화기를
들었다.

꽃송이 피다

저 높이 꽃망울이 보인다
보일 듯 말 듯 홀로이

따스함에 놀래 잠시 나왔구나
찬기운 더하면 너는 어찌할꼬

옷깃을 여미는 늦은 저녁에
작은 높이 거리삼아 손끝으로
감싸본다

내 곁에 있는 너 꽃봉오리 같구나
여린 마음 달래면서 같이 가자꾸나
꽃송이가 피는 날 기다리면서.

EP 4

살포시 눈송이 닮은 너
동심 잠자리
사랑 철학자
나에게 말해주는 굿모닝
감사의 축제
해시태그
단풍 연인
낙엽 사랑
세월의 멋
마음 속에 너 있다

3
살포시
눈송이 닮은 너

EP 4

3

아름답고 또
그립다

살포시 눈송이 닮은 너

하늘에서 눈이 내린다
눈송이를 가득 안고
너에게로 달려간다

머뭇거렸은 저 멀리
주춤거리던 생각들도
잠시 내려놓았다

마음 열고 그냥 달려 보았다
어린아이 동심을 갖고

발걸음 눈덩이 사랑 한 뭉치
마음 그 석구석 찾아서
너에게 힘껏 던져 본다

내 마음 깊은 곳
가까이도 와 있는 너
겨울에 너만을 사랑하자

눈송이 닮은 너를 품에 안고
이 밤이 다하도록 너를 향한
사 랑 앓 이

겨울엔 눈송이를 사랑하자.

동심 잠자리

하늘이 높다 말할 수 있는 계절
파란 하늘 누군가를 기다리는 듯

걸어가는 도심 아스팔트 상남자인가
변함없는 표정 늘 발걸음을 맞이하네

잠자리는 왜 파란색이 아닐까
파란색은 우리가 건널 수 있는 색인데

하늘과 만나는 잠자리 빨간색을 좋아하나 봐
멈출 수 있도록 알려 주는 색이니까

질문하는 동심 눈망울 초롱거린다
잠시 정적의 침묵 흐른다 그리고 한마디

마음 따듯한 하트 색이라서 좋아하나 봐
좋아하는 마음 사랑도 할 수 있으니까.

사랑 철학자

어디쯤 있을까 할머니 사랑꾼
잠시 비운 자리 네 마음 넣었구나

오물조물 주물조물
오늘이 최선인 Ain 나는 누구일까

몰라도 좋고 알아도 좋다

할머니와 아인이 오늘도 사랑 담은
철학자가 된다

시간은 어디쯤 가고 있을까
웃음이 마음을 녹이네

사랑등이 너의 마음 살며시
또 놓아주고 가는구나.

나에게 말해 주는 굿모닝

아침이 있어서 참 좋다
나는 나에게 굿모닝이라고
말할 수 있어서 좋다

커피 한 잔 마음의 여유도 좋다
고민 차고 넘치지 않아 좋다
바쁜 하루 토닥이는 내 마음이 좋다

마음 나눌 사람 여럿 있어서 좋다
오늘 생각나는 사람 있어서 좋다
소식을 보낼 수 있어서 좋다

감사합니다
수고 많았어요
다녀왔습니다

저녁 즈음 하루를 돌아볼 수 있어서 좋다
하루의 일과가 잘 정리되어서 좋다

평범함을 한 번 즈음 더 기대하여서 좋다.

감사의 축제

설레임으로 불러 본다
계절감이 훅 들어왔다

반가움과 감사로 시작되는 달
모두모두 고맙고 사랑합니다

긍정의 마음 열정의 생활
계절도 담아 가는 선물이다

함께 주어지는 마음의 풍요
축복의 모습으로 품어 본다

희망이 주는 여유로운 여정
변함없는 계절에 감사한다

거리로 찾아 나온 멜로디
매일매일 휘감는 감성과 지성

마음도 덩달아
마지막 달을 즐기게 된다.

해시태그

좋은 날 기쁜 날 축하해요
그대의 소중한 날이잖아요
기억하여 함께하고 있어요

따스한 마음 함께하는 멋진 날
기쁨 가득 행복 축복 더하는 날

소중한 삶 늘 열정적인 마음
너무 좋아 보여요

여름휴가 잘 보내시고
가을 감성도 찾아 주셔요

겨울 눈 축복 캐롤송 보내요
멋진 갬성 담아 불러 보아요

봄에는 꽃송이 한껏 함께해요

궁금함에 안부 인사드려요

해시태그 우리 만나요.

단풍 연인

흩날리는 단풍 속에
넘나드는 감성 보게

앞을 보고 옆을 봐도
계절 연인 가득하고
오색 단풍 영상 속에
사랑 노래 들려온다

가로수길 친구삼아
걸어온 길 또 걸어도
웃음 가득 두 눈동자
나뭇잎에 사랑 가득

가을 사색 풍성하여
너도 나도 시인되니
연인들아 감성 찾아
시 한 수 읊어 보세

늦은 밤 가로등빛
단풍 연인 가득하네.

낙엽 사랑

언제까지나 잡고 싶은 너의 아름다움
찬바람 견디지 못하고 색 바랜 너
이렇게 물끄러미 바라다본다

헤어짐과 아픈 마음 어찌 못하겠지만
새 생명 피어날 즈음 그땐 봄이겠지
그 마음 잊지 말고 또 보기로 하자

나뭇가지 자연 무게 견디지 못하고
단풍잎 내려놓고 미안함 가득할 때
서로를 의지하여 힘을 내어보자

나무와 줄기로 함께한 생명의 시간
떨어지는 계절과 아픔 잊기로 하자
지나가다 보면 아픔은 치유되겠지

거리를 가득 채운 너와 나의 사랑송
오늘은 서로 잡고 친구로 삼아 보자
이 가을, 어딘가로 묵묵히 걸어가 보자.

세월의 멋

사계절 세월 따라
짧은 세월 아껴 보고

해시태그 친구 찾아
마음 소식 전해 본다

삶의 길이 서로 달라
소식조차 어려워도

친구삼아 살아온 길
우리들의 우정일세

마음이 청춘이라
대화도 힘차구나

모진 세월 먼 길 돌아
이리 보니 고맙구나.

마음 속에 너 있다

서로가 주는 소중함에 세월을 보냈다
몇 번인가 지나치고 몇 번인가 만났다
마음 속 가득 찬 너의 모습 일상 되었지

삶이 주는 고독 번민 그곳을 찾아온 너
눈가에 오가더니 꿈 속에도 찾아왔구나
모바일 열 개 버튼 항상 눈가에 오가고
내 마음도 그곳을 따라가니

사랑인가 봐

거리가 시간이 공간이 밤낮이 문제인가
너를 향한 나의 마음 눈물이 시샘하누나
어서어서 오려무나 나의 사랑아

봄꽃 한 다발 들고 여름의 강렬함 찾아
가을 단풍 화려함 함박눈 겨울 그날까지
시리도록 보고 싶다 마음 속 깊은 곳의 너.

EP 5 삶 마음 여정

그림 한 줄 마음 한 줄

앞을 보고 높이 봐야
멀리 높이
날 수 있는 것을

EP 5

달리다 보니
삶이었네

EP 5

차창 밖 나를 바라보다
친구라 하고
십이지간이라 부른다
경동시장에서
삶을 나누다
아침에 쓰는 편지
'여행'이라는 낱말
어부와 바다 한림항
도심의 자연
오늘은 방랑객

1
친구라 하고
십이지간이라
부른다

EP 5

1

함께 가보자
힘차게 달리자

차창 밖 나를 바라보다

자연은 나이를 숨기고 있구나
세월의 흔적을 찾지도 못 하였는데
푸른 마음 선물처럼 나누어 주네
삶의 멋쟁이 그대를 느끼어 본다

어두운 터널도 지나가 본다
스치며 지나가듯 널브러진 작은 초가집
자연과 어우러져 삶의 동산 되었구나

한강의 강줄기는 변함없이 흐르는데
창가 너머 문득문득 내가 보인다

놓아진 모습 덩그러니 앉아 있는 듯
오늘은 분주함이 없어 보이는구나
내가 나를 바라보는 즐거움
창 밖이 주는 또 하나의 선물이라네

잘 지내왔어 지금까지
오랜 시간 무언가를 위해
열심히도 달려 왔구나

오늘은 보이는 나를 그대로 담아 본다.

친구라 하고

반가운 얼굴
기다려지는 마음
감사의 생활

삶 중에 한 번 즈음 그려 본 단어들
오랫동안 주어진 삶에 최선을 다하며
역량을 발휘하는 멋진 친구들이 있다

열정적으로 주어진 생활에 집중하고
전념한 세월 함께 나누기에도 족히
몇 날 밤은 걸리겠지

고민 번뇌 용기 추진 열정 실행
격려 칭찬 희망 신뢰 발전 감사

열두 가지 마음 대화에 담아 보면
다 같은 뜻이란다

그렇게 진솔한 삶이 주는 가치를 모아
한 자리에서 마주 앉아 친구라 한다.

십이지간이라 부른다

사회의 덕망을 한 몸에 받으며 지내온 세월
인생 삶의 여정에 희망을 기준으로 삼았다
베푸는 시간을 살아온 용기의 원천 무엇일까

지나온 날들은 나와 누군가에게 지표가 되었고
지금 또 어디엔가 필요한 곳을 찾아 나누어 주며
다가올 생활에 샘솟는 사랑의 열정을 더하였다

오랫동안 앞을 보고 달려온 세월
좌우를 보며 함께 손을 잡아본다

거칠었던 세월만큼이나 단단해진 마음
평범한 지혜로도 시대의 아픔을 품는 여유

만나는 시간들을 어린아이처럼 반기며
기대와 설렘으로 바라볼 수 있는 그들

십이지간이라 불렀다.

경동시장에서

느지막이 이곳저곳 돌아본다
새벽부터 활력 있는 경동시장
어디부터 시작인지 어디가 끝인지

웃음을 찾는 발걸음이 활기차구나
정겨운 할머니의 넉넉함이 어울리는 곳
믹스 커피 한 잔에도 따스함이 넘쳐나네

땅에서 자란 뿌리 작물 한가득이다
척박한 환경 자연의 숨소리가 들린다
투박함에 흩어지는 흙냄새도 정겹다

농부 손길로 한 계절 땀으로 정성 다해
이곳까지 긴 여정 잘도 찾아왔구나

삶의 현장 여기저기 매한가지인데
정겨운 어머니 생각에 잠기어 본다
오늘 따라 왜 이리 보고 싶은 건지

밭농사 허덕이다 오늘은 허리 좀 펴고
잠시 쉼을 맞이하고 계시면 좋으련만.

삶을 나누다

삶이 버겁다고 느낄 때가 있다
보이지 않는 생각의 무게와 번잡함

마냥 들뜬으로 삶을 달리다 보던
한 번 즈음 떠나고 싶은 순간을
만나게 된단다

누군가를 막연히 기다리는 외로움
마음을 호소라도 하고 싶은 순간
서성이는 슬픔 막막한 아픔의 삶들이여

삶의 가속도 얼마인가 사뭇 다르지만
생각을 가다듬고 잠시 멈추어 보자

매일 성장하는 나를 알아주기로 하자
그렇게 고뇌의 삶을 성장과 나누며
오늘 나를 그냥 토닥거려 보기로 하자.

아침에 쓰는 편지

기대와 설렘은 간밤에 두고 나온다
날씨와 기후는 며칠 사이 친구가 되었다
여행은 그런 건가 보다

사람의 적응력은 삶에서 나왔을까
주위를 조금은 자세히 살펴보자꾸나
초림(jh sy)도 도심의 공간을 잠시 잊고
자연과 살아갈 만한가 보다

조물주는 이즈음에서 뭔가를 말하고 싶었던 것일까
새벽 3시에 눈을 뜬다
꿈에서 보인 호세아

선지자와 삶의 모습을 나누며 생각해 보련다
간밤에 번민이 많았던 탓일까
조금은 피곤한 나만의 아침
그의 삶을 통하여 정리해 보면 감사의 시간이 된다

오늘은 장가계에서 2500년 전의 선지자를 통해
나를 찾아본다.

* 신인상 수상작(2024. 8)

'여행'이라는 낱말

도심을 떠나는 마음은 텐션 만점이다
여행이란 늘 젊은 마음이 주는 선물
가득한 설레임과 기대감 벌써 저 멀리
총총걸음 가고 있구나

쫓기듯 스쳐 가는 시간과 공간 사이
약속이나 한 듯 세월은 넘나드는데
이 시대의 젊고 거친 숨소리 들린다

듬성듬성 여행 성지 맛집 찾아가 본다
하루는 그냥 그렇게 비워 두어도 좋다
벌써 시작된 우리들의 여정 중에는
아주 작은 감성도 잊지 않고 발견한다

시간과 여행 동반자 그 정도면 충분하지
심장이 이륙 엔진 소리와 함께 고동친다

구름 위의 붉은 태양 너의 열정 담고서
영원히 간직할 오늘을 마음에 남겨 본다.

어부와 바다 한림항

이른 새벽 부지런히 찾아간 그곳
일찌감치 삶이 시작되었다

제주도 바닷가 한림 수산시장
바다 향기 모두 움직이는 새벽 미명이다
살아 숨쉬는 치열한 공간을 맞이해 본다

파도 벗삼아 한평생 부단히도 달려온 어부
밤을 밝히며 몸부림친 그들의 모습을 바라본다
그물 한가득 솟아오르는 만선의 주인공이다

바다는 오랜 인연을 그렇게 잊지 않는가 보다
밤을 낮삼아 무엇 위해 간절히 버티는 걸까
가장의 무게 그렇게 가지고 삶을 지내왔겠지

사랑 가득 담은 새벽 커피 한 잔이 정겹다
생각을 가다듬기 전 부둣가 태양이 떠오른다
간밤의 어려움도 잊은 듯하다

삶의 현장이 주는 치열한 새벽 생명력
열정도 가져가는 시간의 아침 맞이해 본다.

도심의 자연

꽃과 나무 그리고 야생화 찾아
우리는 어디로 가고 있는 걸까
걸음을 넉넉히 준비하였다

돌담길 벗삼아 담소를 나누고
광화문 네거리 역사 소리 듣는다

청계천 물 소리 감성을 담아
서울 도심 가볍게 거닐어 본다

낭만 품은 도시의 자연 속으로
정돈된 빌딩숲은 나무보다 높구나

자연이 주는 도심의 선물
고추잠자리는 오지 않았다.

오늘은 방랑객

열정은 AI시대에 맞는 도심의 신사
시대를 나누듯 그렇게 역할을 해 본다

가득 찬 건물 몇 걸음 지나다 보면
발걸음도 답답한지 숨쉴 틈이 없구나

마음 따스한 신세대 바쁘듯 뛰어가고
시간을 재촉하며 어디론가 사라진다

기다란 벤치에 앉아 넓은 하늘을 본다
푸르른 공원 꽃의 향기 드리우는 계절

새 소리 노랫소리 내 고향 소리

나눌 수 있는 자연이 남아 있어서 좋다
조용한 자리 마음 찾는 너는 방랑객.

EP 5

달리다 보니 숲이었네
가을 풍경
변화의 약속
나의 마음 노래할 때
삶의 영상편지
진실 한 도금
아침의 마술사
삶
나의 사랑 나의 거리
한 줄기 여울 찾아
시선 따라 사랑 따라

#2
달리다 보니
삶이었네

EP 5

2

나 너
사랑할 수밖에

달리다 보니 삶이었네

다들 무언가 도전하면서 사는구나
각자의 방향은 조금씩 달라 보이네
여기로 가는 너는 나와 같은 생각이겠지

아이참 그런데 나는 나대로 너는 너대로

한참을 달리다 보면 모습은 달라 있겠지
승리에 찬 처음의 모습을 유지해 보자
달리다 보면 힘든 시간도 온단다

뭔가 꾸준히 해 본 적이 없구나
사회생활에서 인정받기는 어렵다

좌우를 보는 여유 어디서들 나오는지
나도 함께 돌아보니
주어진 종목은 모두 하나

삶.

* 최우수작품상 수상작(2024. 12)

가을 풍경

빛이 주는 계절에는 빛이 되어 보자
따사로움 나누는 소박한 그 자리
함께하는 기쁨이 슬픔을 잊게 하리

빛이 힘들어 그 자리를 살짝 떠날시면
나도 작은 달빛 되어 새벽까지 비추어 보자

선 넘어 길어진 밤공기는
설렘의 계절 갖고 우리에게 다가왔다
오순도순 찾은 널브러진 시골길
하늘 아래 사랑으로 가득하다

투박하던 할머니는 오늘 따라
건강하게 꽃단장하셨구나

가지런히 정돈된 가을 열매 하나 가득
어느덧 앞마당은 풍년이로다

마을 입구 먼 길인데 한눈에 알아본다
달려가고 있는 마음 서글픈 세월이여
그냥 나는 서 있는 할머니

꾸부정한 허리는 뛰어도 제자리
어린 손주 달려와 왕할머니 품에 앉아
사랑 달아 재잘재잘

솔직함은 이기적일까 배려일까
서로의 사랑이 서툴러서 놓치진 않을까

사랑하자 사랑한다고 말하자
그리고 사랑하자.

* 이달의 시 수상작(2024. 10)

변화의 약속

희망을 말하고 지혜가 보이는 삶
어려움이란 단어 서로가 알아간다

무엇이 값진 것인지 한가득 안고서
소중하고 소중하여 같이한 사람들

전하고 싶은 그 말 한마디
오늘도 외쳐 보면 약속이 된다

기나긴 삶이 역경 속에 변하여도
어울려 가보자, 한민족의 발걸음

고요함 갖고서 열정으로 간직한 세월
삶의 다양함에 힘겨움은 더하지만

자연스런 변화 속에 한껏 뽐낸 새로움
우리 모습 또 세워 보기로 약속해 보자.

나의 마음 노래할 때

음악을 연기삼아 너와 나 친구되고
이 악기 저 악기 모두 함께 노래한다

버스킹

음악의 한 장르 무심코 다가와서
어느 듯 멀리 떠나는 애달픈 여행
햇살도 달님도 기다리며 만나 본다

노래와 음률 따라 흐름을 놓아 보고
잊은 감성 찾아가는 느낌 몇 방울
버릴 수 없는 시간을 찾아가 보자

성공 찾아 아둥바둥 살아온 세월
음악 따라 그냥 멀리 날려 보내고
나의 마음 감성 찾아 노래를 하자

일어나자 일어서자 네가 좋은 걸
외치면서 마음 따라 또 함께해 보자
혼자라도 좋다 오롯이 뛰어도 좋다

노래 음률 마음 따라 곡조 더하니
같이 가면 즐거운 삶 힘을 내보자
인생 삶 몇 절인가 여유도 노래로구나.

삶의 영상편지

살며시 가랑비가 지나간 아침
맑은 하루를 남겨 줌에 감사하다
마음의 영상을 보내 볼 수 있는 여유

한 자씩 써내려 가는 생각의 습작들
동행하며 서로 살아가는 모습들에
잠시 생각을 담아 보는 시간이다

삶의 패턴은 잠시 머물러 있는 듯하지만
변화된 일상을 또 맞이해 본다

사람의 자생능력은 어디까지일까
서로 다른 삶의 방식 삶의 길을 찾고
가던 길 머무름 없이 어딘가를 찾아간다

격려 받아도 손색없는 서로의 능력
흔적을 남기며 그렇게 시대를 걸어가
본다.

진실 한 모금

흩날리는 깊은 마음 하늘을 보면
재촉이던 발걸음은 평온해지고
생각은 마음 따라 요동을 친다

부는 바람 시작이 언제인지 몰라도
한 번쯤 여유로운 들녘에 서 보자꾸나

마음을 나누며 함께 걸어온 길 위에
간직한 마음 우리 함께 꺼내어 보세

머무르면 그곳이 삶의 시작인 것을
이런 생각 저런 생각 도 그대 생각

바람 향기 진실 되니 내 어이하랴.

아침의 마술사

움직임이 있는 아침을 잡는다
오늘 따라 더없이 강렬한 걸

날아가는 세월의 감미로움
거침없이 휙 잡아 본다

행동이란 그림자 없어도 좋다
두툼한 생각 한 두루마리 채워
선물 같은 아침을 전해 주는구나

숨어 있는 사랑의 매력에 빠져
두근두근 오늘도 달려 보자

삶의 그림 또 한 폭 마음에 담고
가자, 저녁까지 힘차게 달려가 보자.

삶

한 번 즈음은
쉬어 가도

삶은

빛이 난답니다.

나의 사랑 나의 거리

도시가 눈에 들어온다
오랜 친구가 반기는 듯

화려함이 적어도 좋다
하루를 보내며 오가는 마음

찾던 곳도 가다 보면 있겠지
살며시 놓아 둔 정든 곳 도시

이곳은 나의 사랑
도심의 거리.

한 줄기 여울 찾아

한 줄기가 겹치고 또 겹치면
하나가 되는 작은 물줄기
언젠간 다가올 것 같은 모습
가까운 거리에 너 있구나

넓은 길 무심코 따라가다가 보면
언제부터 멀어졌는지 저만치 가고
찾지 못한 그 한 줄기 오지를 않네

그대 향한 내 마음은 작은 물줄기
마음 다해 그 여울 찾아왔구나

느린 듯 들리는 듯 멀리 있는 듯
조용한데 마음 속엔 울림이 온다

깊은 곳에 사랑하는 마음을 담고
그대 향해 떠나는 가녀린 한 줄기
사랑 찾아 여울 따라 떠나가 본다.

시선 따라 사랑 따라

보이는 곳 시선은 나의 목적지
누군가 그 길 또 바라보고 있네
길 따라 마음 따라 그냥 가보자

삶이 속도가 있다면 얼마나 좋을까
가보지 않은 곳 찾아보면 또 어떨까
이 길 저 길 말해 주는 고마움도 감사하다

너무 멀리 바라보다 직진을 해 버렸다
찾지 못한 방황의 길 맞닥뜨리는 삶
익숙한 길 또다시 찾아가 볼까나

마음의 길 그렇게 마냥 달려가 본다
무엇을 향해 어디로 가고 있는 걸까
묵묵한 내 마음도 제한속도 찾았구나

그대 찾은 사랑길 저만치에 있거든
나만의 길 이제 방황을 그치려 하오

그대 사랑 내 길이려니.

EP 5

희망을 노래하다
젊음의 찬가
진정성(眞正性) 있는 아침
빛나는 여정
용기 그래 가보자
그 시간이 멈추는 곳
아버지가 아들에게
아들이 아버지에게
AI의 새벽을 품다
아버님께
삶 마음 그리고 여정
세계의 중심에서

3
희망을 노래하다

EP 5

3

너와 함께하는
사랑의 노래

희망을 노래하다

새로움으로 시작하는 한 해의 싱그러움
봄의 화사함을 마음껏 기대하는 새해

활기찬 모습 인사말 먼저 해도 좋다
어디선가 용기를 주는 음악도 흐른다

삶을 넣어 희망의 마음들이 모였구나
아름다운 색상을 품고 함께하는 날들

떠오르는 태양이 주는 강력한 열망
열정의 성품도 찾아 심장에 넣어 본다

세계를 향한 힘찬 발걸음 걸어가 보자
희망을 노래하며 도전을 마음에 품자

꿈 찾아 역동하는 모습 발판삼아
꿈의 공간에서 생각을 현실화하자

격려로 시작하는 성공의 물줄기
활기찬 아침은 희망을 노래한다.

젊음의 찬가

정성껏 진심 담아 성장한 그대
열정이 삶을 더해 다가온단다

멋스러움 바라보는 낭만의 세대
커피 한 잔 웃음 소리 벗삼아 보며
치열함도 친구인 양 살아가 보세

요동치는 호흡 꿈 찾아 달리자
젊은 낭만 세월 찾아 여기 있단다

한반도 벗삼아 살아가는 아들들이여
한강 흐름 엮어서 맞이하면서
진실 가득 찬 숨소리 채워가 보자

언덕 위 좌절의 숨소리 잊어버리고
웃음으로 가득 담아 함께 나아가 보자
희망찬 시대 낭만의 세대들이여

세월이 만든 계단 뛰듯이 넘나들며
마음 따라 찾아온 용기 친구로 삼고
멋스럽게 이 세대를 채워 나가 보자

만들어 가자 젊음을
나누어 보자 정열을
느껴 보자 지혜의 숨소리

진실 담아 오늘도 불타는 너의 모습
치열한 삶 속에서도 즐기는 멋스러운
여기는 너와 나의 심장 젊음의 도시

이 땅 가득 축복으로 함께 덧입혀 보자
젊은이, 젊은이들이여!

진정성(眞正性) 있는 아침

새벽까지 깊은 생각을 담아 본다
따스함 품은 아침 햇살이 밝다

마음을 넘어서 같이하는
사람들이 있어서 더욱 좋다

이 시대에 함께 간직해야 할
리더의 모습을 그려 보기도 한다

시대의 아픔을 극복하고 견디며
마음을 담고 일어서는 사람들

생각을 나누다 보면 해결 방법은
찾을 수 있겠지

누군가는 번민 속에서 해결을
누군가는 역사 속에서 진실을
마음 두고 달려온 현인들의 아침

정진(精進)하는 품격 바라보며
한층 생각을 올려 본다

진정성(眞正性) 있는 새벽을 열며
아침을 나누어 보기로 하자

함께 생각하며 품어 가는 그대
같이 있어 든든하지 아니한가.

빛나는 여정

찾은 걸음 모두 모아 함께 가보자
모인 소식 웃음 가득 열정 가득

삶의 슬기로움 벗으로 삼고
기대하는 희망을 모아서 가자

진심을 담고
마음을 넣어
사랑을 하자

젊음도 경험되면 길이 된단다

빛나는 지혜들이 맞이한 거리
빌딩숲은 창조의 도시로구나.

용기 그래 가보자

수고 많이 했구나 고생 많았을 텐데
맛난 식사 같이 한 번 허요
늘 전하고 싶은 마음입니다

초대 없이 찾아오는 번민과 갈등 속에서
삶과 노력은 서로 지식의 길잡이가 되고
생활 중에 소중한 친구가 되기도 하지요

현인처럼 나타나 방향을 맞이하게도 되고
인품으로 성장하여 사회를 비추는 역할도
하게 되네요

목표를 향해 한 번쯤 쉬어 가는 여유
자신에게 부어주는 진실 있는 칭찬
열정을 품고 사랑을 더하는 참 용기

모두 나에게 주는 같은 표현이리라

용기가 주는 또 다른 주인공을 찾자
함께 열정과 용기로 살아가 보자고

그 시간이 멈추는 곳
- 희망 예찬

삶을 이해하는 선을 찾아서
아침을 나선다
햇빛이 주는 신선함은
문 밖의 공기만큼이나 활기차구나
공간이 주는 의미를 찾아
한세월 나서보기로 했다

잘 정돈된 걸음으로 시공을
맞이하기 시작한다
도심의 아름다운 열정이 오늘을
반겨주는 소중한 첫 걸음이 되는구나

세상과의 인연을 시작하고 보니
어딘가 어설픔이 나오는 듯
주위를 살펴보기도 하네

뛰는 듯 마음의 심장아 깨어나라
삶이란 넓은 세상을 경험케 한다니
너도 알고 있을 것 같은데

이곳은 어디이며
저곳에는 무엇이 있을까
너와 나의 삶이 주는 시간들

더 좋은 사람이 되려고
노력하지 않기로 하자
아둥바둥 가녀리고 힘든 마음
숨기지도 말자꾸나

있는 그대로가 충분한 것을
사랑하기에도 넉넉한
너와 나의 모습

나만의 그대를 만나는 이곳에서
시간 멈추고 또 살아가 보리다.

아버지가 아들에게

오늘은 유달리 아들래미가 보고 싶다
아버지의 마음은 다 그런가 보다

많이 성장한 아들을 생각하는 중
자신을 알아가는 시점 따스한 아버지의
마음을 무척 원했을 텐데

겁먹은 아이처럼 아버지 마음을
전달하는 방법을 잘 모르겠구나

묵묵히 어려운 생활 중에 아버지와
통화로 대화해 가는 아들아 사랑한다
너의 귀한 마음을 아버지 가슴 깊이
간직하고 있을께

오늘 저녁 근무로 통화가 힘들겠지
지난 대화에 못다 한 마음을
이 저녁 헤아려 본다

아버지도 아직 성장 중인가 보다
점점 더 마음과 생각이 깊어 가는
아들을 향한 아버지 걱정이 앞선다

어디에 있든지 사랑의 마음 전해 본다
아버지가 할 수 있는 것을 다해
너와 함께하고 사랑하마

오늘은 따뜻한 봄기운이 시작되는지
서울은 무척이나 날씨가 좋은데
그곳은 아직 많이 춥겠구나

건강하거라
고맙고 사랑한다
아들아.

아들이 아버지에게

아들은 잊지 않고 마음을 전하였다

항상 저부터 생각해 주시고 내 편이라
절대 확신할 수 있도록 걱정해 주시고
목소리 듣는 것만으로도 위로되고
기댈 수밖에 없게 보듬어 주시는
사랑하는 아버지 어머니

어디서든 저희 먼저 생각하시고 좋은 거 있으면
항상 저희를 위하시는 마음 혹여나 아프진 않을까
자신들의 몸보다 자녀 걱정하시는 아버지 어머니

안 그러는 척하면서 이것저것 다 챙겨 주고
걱정해 주는 세젤예 우리 누나

요즘 유난히 '사랑하는 가족'이라는 단어가
머리에서 맴돌아요

평생 마음 편히 웃으면서 떠들 수 있고
고민거리들 털어놓을 수 있고
마음 놓고 펑펑 울 수 있는 가족이 있다는 거

평생이라는 단어가 어울릴지 모르겠지만
그거만큼 큰 축복은 없는 것 같다는 걸 느껴요

매순간 감사함을 전달하고 싶고
사랑한다고 표현하고 싶고

항상 부모님 생각만 하면 왜 눈물이
핑 도는지 모르겠어요 :)

옛날에 너무 못 되게 굴어서 죄송한 걸지도
모르겠네요 ㅋㅋㅋ

정말 사랑해요 정말 정말루ㅎ
평생!!! 사랑해요

전화 자주 못 드려서 죄송하고
안부 긋 여쭤 봐서 죄송해요

먼저 전화해 주시고 항상 밝고 건강한
분위기 속에서 반겨 주는 거
무지막지하게 감사해요.

뭐 있는 건 아니구

그냥 뭐.. 사랑한다구
말하고 싶었어요

뭐, 그냥.

AI의 새벽을 품다

똑딱이를 들으며 새벽을 열면
나지막이 마음의 소리도 열린다

누군가가 되어 보는 시간
나만의 시간인가

그렇게 생각에 잠기다 보면
마음은 떠오르는 그 친구들이
있음에 감사하게 된다

오가는 도시의 모습을
잠시 동안 부여잡고 서서는
축복의 마음을 그렇게 나누어 본다

하나 둘 그리고 셋
새벽을 열어 본다.

* ps. 그 친구들
　　Stella Losa Jonathan Grace
　　Mr. Kim Cindy Ellie April
　　Harry John Dior Joy
　　Jessie Clark Alex Sunny
　　Yvonne Dragon Angela Serena

아버님께
- 못다 한 편지

아침을 맞이하는 햇살을 보며
변함없는 사랑과 감사의 마음을
나누어 봅니다

아버님 홀연히 훌쩍 떠나가셨건만
오늘이란 소중함을 주신 사랑에
마음을 표현해 봅니다

힘차게 써내려 간 아버님의 편지 한 뭉치
오늘에야 서재에서 만나게 되었습니다

숨을 허덕이시던 십년 전 그날 이후
그렇게 간직하여 깊이 감춘 마음의 글을

5대의 축복과 역사가 강처럼 흘러가도록
헌신적 삶을 남겨 주심에 감사합니다

아버님, 고맙습니다 사랑합니다.

삶 마음 그리고 여정

누군가의 삶에서는
깊은 생각을 담게 한다

누군가의 마음에서는
세월이 주는 의미를
사랑하게 된다

기나긴 여정 속에 우리는 무엇을 남기게 될까
주어진 시공(時空)에서 어떤 의미를 더하게 될까
질문에 답을 찾는 여정은 많이 힘이 들겠지

걸어가는 삶 속에서
주어진 마음을 갖고
그렇게 여정을 쌓아 가는

우리는

사랑과 희망을 나누는
사람들.

세계의 중심에서

환한 거리 아침을 맞이하는 분주함
그냥 정겹다

커피 한 잔 손에 들고 바쁜 듯
걸음을 재촉한다

MZ세대 즐겨찾기 노랫소리 흥겹다
힙한 패션 머리엔 귀마개 이어폰
가득 메운 젊음의 열기 높이 날려 보아라

가벼운 발걸음
함께 걷는 발걸음
신발도 각양각색
한껏 품은 젊음의 마음

삶의 시간과 공간은 서로 달라도
열정 품은 중심 무대 모두가 응원한다네

생동감 넘치는 도심을 품고
걸어서 가자 뛰어가자
세계의 공간 속으로.

> 저자와의
> 협약으로
> 인지생략

월산(月山) 임신영 시집

달리다 보니 삶이었네

지은이 임 신 영
펴낸이 이 재 갑
펴낸곳 도서출판 문예사조
등 록 2-1071 (1990. 10. 5)

04558 서울특별시 중구 퇴계로 41길 8(충무로 4가)
TEL. 02-720-5328, 2272-9095
FAX. 02-2272-9230

http://www.munyesajo.co.kr
e-mail : mysj5328@daum.net

발행일 2025년 1월 28일

잘못된 책은 바꿔 드립니다.

값 15,000원

ISBN 978-89-5724-301-5